한성기시전집

박명용 편

푸른사상

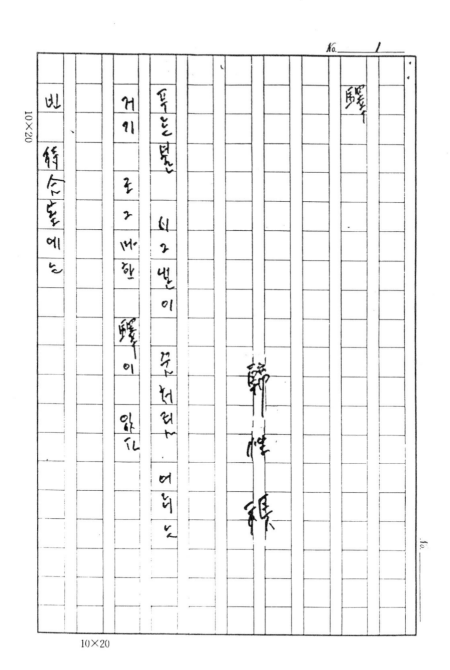

한성기 친필 원고 1

외지한 椅子 하나 여며요

이따근 全竹께푹가

어지렴게 긁들빛은 올러며

지내간단

등이 오요

비가 오요

아늑한 綠蔭 위에

10×20

한성기 친필 원고 2

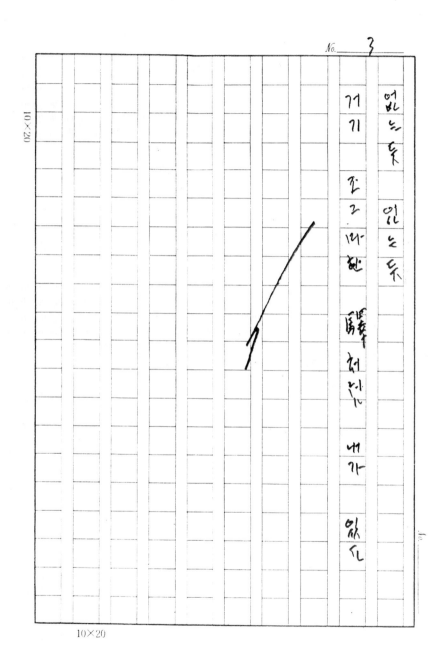

없는 듯 있는 듯

끼
기
조
그
래
넌
관
처
럼
내
가
없
다

대전 진잠 논길을 걷는 한성기 시인 (1980년)

대전시민회관 광장에 세워진 한성기시비. 여기에는 그의 대표작인 「역」이 새겨져 있다

60년대 중반 (앞줄 왼쪽부터 조남익, 최원규, 박목월, 박용래, 뒷줄 왼쪽부터 한성기, 임강빈, 홍희표, 신정식)

韓性祺 詩画展

1971.10.8 — 14

60년대 후반 시화전에서 (왼쪽부터 한성기, 윤석산, 구재기, 이관묵, 이장희)

70년대 초의 한성기 시인

70년대 중반의 한성기 시인

대전사범 시절 교정에서 (중앙 왼쪽 한성기 시인, 강소천 아동문학가, 학생 왼쪽에서 네번째 최문자)

70년 초 (왼쪽부터 이가림, 이덕영, 한성기, 박용래, 전봉건, 조남익)

1975년 제12회 한국문학상을 김동리 선생으로부터 받는 한성기 시인 내외

70년대 후반 (왼쪽부터 김대현, 신정식, 한성기)

70년대 중반 한성기 시인과 김윤성 시인

70년대 후반 서해에서 (왼쪽부터
한성기, 박명용, 송인국(서울신문 기자))

70년대 후반 충남 서산에서 (왼쪽부터
김윤성, 한성기, 김순일, 이장희)

80년대 초 (왼쪽부터 김순일, 이장희, 오완영, 박명용, 김석환, 이관묵, 한성기)

80년대 초 (왼쪽부터 김대현, 박명용, 한사람 건너 최원규, 한성기, 김학응)

한성기시전집
韓性祺詩全集

『한성기시전집』을 내면서

　한성기 시인이 작고한 해가 1984년이니, 내년이면 어언 20주년이 된
다. 나는 한성기 시인이 작고한 직후부터 그의 주옥같은 시들을 한 곳
에 모은 '시전집' 간행을 생각해 왔으나 이런 저런 이유로 이루지 못
하고 있다가 이제야 햇빛을 보게 되어 감회가 깊다.

　한성기 시인은 일생을 '시' 밖에 모른 '시 속의 시인'이었다. 그는
당대의 시인들과는 분명히 다른 시인이었다. 다시 말해 그는 '전통서
정'에서 안주했던 시인들과는 달리 '전통서정' 속에 인간의 존재 문제
와 급변하는 문명의 복합성을 적극 수용하여 그 의미를 새롭게 그려
냈다는 점이다. 요즘 같이 정체불명의 글이 난무하는 시대에 그의 시
향기가 날이 갈수록 잔잔하게 풍겨 나오는 것은 바로 이 때문이리라.
오직 시에만 매달린 그에게 '시'는 '삶'의 전부였고, 그는 오직 시를
위해 살다간 천성의 시인이었다. 그의 시에는 늘 자연이 있었고 그 속
에는 인간과 문명이 들어와 합일을 이루려는 따뜻한 감성이 있었다.
본인의 말대로 이런 것들을 '회화적 기법'으로 가을 하늘처럼 맑게 그
린 그의 시는 단순성을 넘어 삶의 총체적 생명력을 새롭게 불어넣어
주었다.

한 편의 시를 위해 며칠이고 제방 둑길이나 논둑, 그리고 시골길이나 바닷가를 거닐면서 자연과 눈맞추는 일에 몰두한 시인 — 시를 쓰지 않으면 살맛이 나지 않는다고 입버릇처럼 말하던 시인 — 그의 시적 표현은 한 인간의 삶 전체의 모습이었다. 이렇게 자연 속에서의 체험을 통해 얻어진 그의 시는 직접적으로 그 의미를 환기시키는 일이 없이 한 폭의 그림으로 대신했다. '시'를 신앙으로 여긴 그의 시정신과 시적 방법은 이 시대뿐만이 아니라 후세에까지 이어져 영원히 그 빛을 발할 것이다. 이는 날로 복잡하게 변화되어 가는 현대문명 때문에 그러할 수 밖에 없다.

이 '시전집'은 그의 시집 5권을 묶은 것으로 그의 시세계의 총체적인 모습이라 할 수 있다. 따라서 이 '시전집'은 한국시단에 귀중한 자료가 되리라 확신한다.

끝으로, 논문을 주신 문덕수 선생님 등 여러분과 사진 자료를 모아주신 한성기 시인의 자제인 한용구 목사, 그리고 '시전집' 출간을 쾌히 맡아준 푸른사상사 한봉숙 님 등께 깊은 감사를 드린다.

2003. 12

박 명 용

『한성기시전집』을 내면서

山에서
(1963)

序

落鄕以後
(1969)

失鄕
(1972)

九岩里
(1975)

늦바람
(1979)

논문편

山에서

(1963)

위치한 靜寂 하나 없음

어디론 흘러가며는

어지럽게 峯과 峯을 흘리며

지나간다

높이 오른

山가 오요

가득한 綠陰 위에

序

韓兄은 最近 五, 六年間 병을 얻어 金泉 祈禱院에서 수양하고 있다. 유능한 그의 詩才를 아까워 해 오던 터에 오랜 침묵을 깨뜨리고 첫 詩集 『山에서』의 刊行 消息과 함께 그 원고가 왔다. 반가운 일이다.

원고를 읽으면서 그의 作品世界가 그 깊이를 더하고 있는데 한 층의 기쁨을 얻었다. 그것은 宗敎的인데까지 이른 듯 하다. 生硬한 宗敎理論의 解說이 아니라 體驗이 뿜는 빛이었다. 앓음을 통한 건강이요, 그 건강을 통한 肯定이었다. 衰할 줄 모르는 그의 視力을 나는 祝福한다.

詩集은 四部로 區分되었는데 대체로 製作年代를 逆順으로 엮은 듯 하다. 그러니까 第四部가 가장 오랜 初期의 작품으로 某誌에 추천을 받을 때까지의 작품이고, 第三部는 그 以後 이 시인이 병을 얻었을 때까지의 五, 六年間에 씌어진 작품들인 셈이다. 그리고 第二部는 祈禱院 生活 五, 六間에 散發的으로 한편씩 얻어진 작품들인 듯 하고 第四部는 같은 題目으로 最近에 씌어진 그의 聯作詩篇이다.

全體的으로 內面世界를 취급하고 있는 點과 뭔가 肯定的인 것이 엿보인다.

끝으로 이 앓고 있는 시인을 늘 物心 兩面에서 돕고 있는 갸륵한 그의 弟子들이 이 詩集 刊行에도 全的인 힘을 기울였다는 이야기를 들었다. 어지러운 세상에 이런 「師弟의 길」이 살아있다는 것은 어쩐지 奇蹟같기도 하다. 同道의 한 사람도 머리를 숙인다.

一九六三年 三月

朴 南 秀

I

山에서 (1)

짐승들과 마주 앉아
나는 저들이 좋아서 어쩌지 못할 때가
있다.

이른 봄날
맑은 하늘이 들어 있는
눈들

짐승들과 마주 앉아
나는 자꾸만 한 숭어리 꽃 같은
빛깔을 어쩌지 못 한다.
쓰다듬으면 조금은 떠는
꽃잎 꽃잎……

조그만 몸둥아리 속에
가만히 들어와 쉬는
하늘
그 하늘을 들여다 보면서
나는 저들이 좋아서 어쩌지 못할 때가
있다.

山에서 (2)

밥만 먹으면
사람들은 논에나 밭에 가 있었다.

밥만 먹으면
사람들은 거기서 하늘이 길러 주는
穀食의 아랫도리를 조금씩 거들어 주고
있었다.

山에서 살면서 내가 본 것은
무엇인가 시중 드는 사람들의 모습이다.
여기 저기에 허리를 굽히고
鶴처럼 서 있는
사람들의 모습

山에서 살면서 내가 본 것은
바꾸어서 말하면
엄청나게 커다란 눈부신 空間인지도
모른다.

밥만 먹으면
사람들은 논에나 밭에 가 있었다.

사람들은 거기서 하늘이 길러 주는
穀食의 아랫도리를 조금씩 거들어 주고
있었다.

山에서 (3)

저녁 어스름을
나는 곧잘 밖으로 나아가 본다.
어둠에 묻혀 버리는 山들
육중한 山들이
말없이 하나 하나
없어지면서 나도 없어져 버린다.

어둠 속에 山과 나는 없고
어둠 속에 山과 나는
儼然한 것을 본다.

신 새벽서부터
나는 밖으로 나아가 본다.
周圍가 차차로 밝아 오는 것을
바라다보는 快適……
山들이 하나 하나 드러나고
나무들이 하나 하나 밝아 오는 것을
바라다보는 快適……
밝음 속에 山과 나무들은
浮彫하고
밝음 속에

山과 나무는
없다.

山에서 (4)

며칠 밤을 山上에서 지낸 일을 생각한다.
차라리 近處에 호랑이 몇 마리쯤 두고
祈禱를 드렸다.

처음 얼마 동안을
나는 사시나무 떨 듯이 앉아 있었다.
周圍는 어둠과 바람소리와 나 뿐
如前히 호랑이 몇 마리는 近處에서
徘徊하고 있었다.

얼마나 지냈을까?
한껏 壓縮했던 핏줄에 새 힘이
돌기 시작하고 있었다.
그건 分明히 새로 돋는 힘
힘은 삽 시에 全身으로 퍼지면서
나는 무어라고 山上이 떠나 갈 듯이 부르짖고
있었다.

瞬間, 나는 불을 써 댄 것 같은
內部의 밝음을 깨달았다.
샘솟듯 시원한 기쁨을
그때 나는 宏壯한 빛 덩어리로
어둠을 輝輝히 밝히고 있었다.

山에서 (5)

아침이면 커다란 날개짓 하며 날아오는 한 마리의
새를 볼 수 있었다.
아침이면
하늘을 뒤덮듯이 머리 위로 날아가는
한 마리의 새를 볼 수 있었다.

몇 해 아침을 두고 머리 위로 지나가는
이 한 마리의 새
새는 나무 위에 앉듯이
하늘가에 앉아서
한참씩 먼 곳을 바라보고 있었다.
아침이면
나는 그런 새의 눈과 입 부리를 볼 수 있었다.

아침이면 나는
숲 속 길을 따라 봉우리에까지 올라갔었다.
숲빛 날개를 한 새를 바라보며……
숲 속은 아직 어두컴컴했고
멀리 얼룩지는 山과 山그늘
물소리를 내는 골자구니도 있었다.

마을 全體가
저만큼 내려다보일 무렵
빛나는 눈과 입 부리를 한 새는 떠나 버린다.
어디론지……
아침이면 나는 봉우리에 앉아서
훨훨 날개 치며 波濤처럼 출렁이는
봉우리 위로 아득히 날아가는
한 마리의 새를 볼 수 있었다.

山에서 (6)

果일은 무엇인가 삼키고 있었다.
그것을 나는 漠然하게
꽃이나 비바람 천둥이나
그런 것으로 짐작하는데

어떻든 입을 꽉 다물고 있었다.
도모지 어떻게 할 수 없게
그래서 果일은 단단히 무엇을 삼키고 있을 것이라고
생각한다.
그리고 보면
果일은 한 마리의 짐승같이 보일 때도
있었다.

놈은 정말
어쩌면 눈을 크게 부라리고 아무라도
범접만 하면 대들 듯 한
험상을 하고 있다고 보여질 때도
있었다.

아가리를 꽉 다물고
그 속에 있는 것을 吐하지 않으려는

짐짓 한 마리의 짐승 같다.

한 마리의 언짢은 짐승을 앞에 놓고
벌써부터 놈을 어르며
쓰다듬으며
그 아가리 속에 들어 있는 것을
드려다 보려고
無盡 애쓰는 사람이 있었다.

山에서 (7)

언제나 쓸쓸히 비워 있는
뒤 울안에 앉아서

문득 나는
혼자가 아니라는 생각이다.

한 그루 樹木을
바라다보면서

벌써 여러 해를 나와 함께
마음속에 있어 준
모습

그것은
시체말로 나의 愛人이래도 하나
서 있을만한 자리를
차지하고

나의 등과 등을 해 주었고
나의 마음과 한가지 마음 해 주었고

저처럼 나에게도 깊이 눈감는
버릇을 주었고

이제 나에게 끊임없는 소망까지
주면서

우리 서로 만났다가도 별로
말없이 헤어지는
日常의 벗들처럼

문득 나는
혼자가 아니라는 생각이다.

山에서 (8)

자꾸만 바닷가 그리워질 때가 있다.
山에 있으면
점점 그리워지는 것이 바다인 것은
이것이 본시는 하나인 까닭이 아닐까.

하나는 무척 설레이며
하나는 무척 조용한
이 둘은 언제부터 갈라져서
서로 그리워하는 것일까.

山에 있으면
난데없이 바다가 달려오는 것을 보는 것은
오히려 當然하지 않을까.
조용해서 오히려 설레이는 瞬間은
이것이 본시는 하나인 까닭인 아닐까.

山에 있으면서
바닷가에 서 있는 나
가슴은 때로 바닷바람처럼 설레이고
바닷바람은 내 귀밑머리를 날린다.

자꾸만 바닷가 그리워질 때가 있다.
山에 있으면
점점 그리워지는 것이 바다인 것은
山이 너무나 조용한 까닭이 아닐까
이것이 본시는 하나인 까닭이 아닐까.

II

열매

꽃이파리는 떨어져 어디로 갈까?
꽃이파리의 떨어지는
서러운 모습을 보면서
이내 나는 어지러웠었다.
꽃이파리의 짧은 落下
떨어져서 오히려 오래 보이는
당신의 모습
그것은 모양이 없어지고 비로소
나타나는 뜻
당신의 모습
우리는 그래서 떨어지는
아름다운 것에서
두 가지의 모습을 보는가.
하나는 보이는 꽃이파리로
하나는 보이지 않는 뜻으로
하나는 쉬 잊을 수 있는 것으로
하나는 영 잊혀지지 않는 것으로
하나는 瞬間으로
하나는 永遠으로
꽃이파리는 떨어져 어디로 갈까?
떨어져 아득한 땅구비를 돌아서

돌아온
당신의 모습
充滿한 열매
永遠의 모습
떨어져 간 것이 어찌해서 이처럼
온전한 것으로 삼키어 버렸을까?
열매 속으로 보는 꽃이파리
가지마다 기쁨은 넘쳤고
떨어져서 오히려 우러러 뵈는
당신의 모습

가을

당신의 손이 떠나 간 나뭇가지는 짐짓 외롭다.

나뭇잎이 죄다 떨어진
빈 나뭇가지들을 보면서 그런
생각을 한다.

당신의 손으로 하나 하나 익후어 가던
열매들이
당신의 손으로 죄다 떨린 날
나는 그런 생각을 한다.
없어져서 비로소 보이는 것

그 가지 끝에 몇 개의 열매를
그림인 것처럼 남겨 놓고 빙그레 웃으시는
당신의 얼굴
비로소 그 얼굴을 본다.
이제까지 가리웠던 것

무언가 나는 나뭇가지 밑에서
感謝한 마음으로 머리를 수그린다.
그 뜻 앞에

아, 가지 끝에 몇 개의 열매 以上으로 당신이
아끼시는 이 사람의 靈

落花

꽃잎이 떨어진다.
꽃잎이 떨어지는데 열매가 겹쳐 보인다.
내 속에 아직 지워지지 않는 것

꽃잎이 떨어지는데
언제부턴가 내 속에 도사리기 시작하는
이 생각
꽃잎이 떨어지는데
꽃잎은 분명히 열매 속으로 되돌아온다는
이 생각

그것이 지금
꽃잎이 떨어지는데 열매를 겹쳐 보게 한다.
어쩌면 겹쳐 보이는 쪽이
더 두드러져 보이는 요즈음
꽃잎은 그 뜻 속에서 한 잎 한 잎
떨어진다.

떨어진데서 분명히 되돌아 와야 할까.
당신의 뜻
꽃잎이 떨어진다.
꽃잎이 떨어지는데 열매가 겹쳐 보인다.
내 속에 아직 어른거리는 것

都市

모두들 그 그림 같은 데서 나타난다.

지금
그것은 언제나 同一한 時間

없어졌다가는 나타나고
나타났다가는 없어져 버리는
失意의 時間

언제 보나
그만그만한 사람들이 오고 가고 있다.

사라졌다가는 나타나고
나타났다가는 사라져 버리는 더 넘치지 않는
順序가 있다.

그러나
그것은 언제나 닮은 時間
이 順序와 失意의 속에 분명히 눈뜨고 있는
하나의 뜻

지금
내가 나서는 골목길로 다시 들어가고 있는
사람들……

서로가 서로를 불러보는 나즉한 交響

햇콩 한 알을 손에 놓고

1

햇콩 한 알을 손에 놓고
봄에 떨구었든 바로 그 놈을 도루 찾은 기쁨으로
한참을 드려다 본다.

짐승처럼
어디라 할 것 없이 한 번
싱긋 웃고
다시 한참을 드려다 본다.

2

바로 이 속에
흙덩어리를 떠미는 힘이 있고
너불너불 잎 파리를 펴는 멋이 있고
그래서 도루 처음으로 돌아가는 뜻이 있고

짐승처럼
어디라 할 것 없이 한 번
싱긋 웃고

다시 한참을 드려다 본다.

   3

바로 이 속에
삼십배 육십배 백배의 열매 맺은 뜻이 있고
하나는 죽어서 하나는 사는 뜻이 있고
그래서 도루 처음으로 돌아가는 뜻이 있고

山속은 어둡는데
밝아 오는 까닭
바로 이 속에
너불너불 잎 파리를 펴는 멋이 있고
흙덩어리를 떠미는 힘이 있고

Ⅲ

꽃 병 (2)

偶然한 瞬間

꽃병은 울며 돌아앉은 너의 모습. 가까이 가
서 그 가녀린 어깨를 툭툭 치고 보면 벌써
너는 굳어버린 하나의 병이 된다.

꽃병 속에 불어넣은 것…… 그런 것이 있다면.
우리들 죽어간 사람으로 굳어버린 속에서
피어나는 꽃이 아닐까?

꽃병은 잊어버린 우리들의 時間 時間을 움직이면서
실은 그 一部는 끝내 움직이지 않는다.

周圍는 헝클어진 머리카락……
그러한 것으로 어둡고 답답하니 파묻힌 얼굴은
벌써 떠나가 버린 空間을 外面한지 오래이다.

이 쓸쓸한 卓子위를 無聊히 차지하고 앉은
하나의 병이여. 물을 담으면 그것으로 너는
비로소 움직이는가?

떨리는 떨리는 손들

꽃병은 다시 웃으면서 돌아앉는 너의 모습.
가까이 가서 그 가녀린 어깨를 툭툭 치고 보면
벌써 너는 굳어 버린 하나의 병이 된다.

省墓

할머니 墓앞에 엎드린 손 주는
실상은
墓속에 아니라
그 가슴속에 있는 할머니에게
절을 하고 있었다.

이제 나는
내가 죽은 뒤에
가서 묻힐 곳이 어딘 지를
分明히 안다.

그것은 뭣 때문일까

살아서는 너의 周邊에 있는 것은
모두가 너의 안에서 환하던 것도

네가 없어서 하나 하나 네가 겹쳐
흐릿해 보이는 것은 뭣 때문일까.

살아서는 너의 周邊에 있는 것은
모두가 너의 안에서 흐릿하던 것이

네가 없어서 하나하나 네가 겹쳐
또렷또렷해 보이는 것은 또 뭣 때문일까.

너를 만나듯 너를 생각하면
하나는 흐릿해 보이는 것과
하나는 또렷또렷해 보이는 것.
눈앞에 것 돌이며 풀잎까지
저 흐려 오는 먼 山둘레를

나뭇잎 떨어지듯이 아픔도 설음도 가버리면
이제는 모두가 캐랑캐랑해 가는 것

나뭇잎 떨어지듯이 설음도 아픔도 가버리면
이제는 오히려 모두가 캐랑캐랑해 가는 것은
또 뭣 때문일까.

밤

밖이 어두워 오면서
그 바깥하고는 따로 점점 밝아 오는 것이
있다.

등을 밝히고
樹林과 더불어 안으로 수렷이 밝는 밤
멀리 떠나 있는 너와 같이
혹은 낱낱이 반딧불 같이
환한 날 빛 속에서는 서로 분간 못했던 빛들
그 빛들을
스스로의 內部에 밝혀 놓는다.

대수롭지가 않았던 우리들의 日常까지
그때 이 밤으로 덮이어
한낮에 보는
이름 모를 들이며 山이
漆黑같은 어둠 저편에서 정녕
쨍쨍 햇빛으로 낯익고

무엇인가—
내 머릿속하고는 따로 비로소

밝음과 갈리는 어둠이 있음을 본다.
나무들도 사람의 기척을 하고
가까워 오려는 무렵……

아침

門을 연 채 자리에서 책을 보고 있다.
햇살이 방으로 들어온다. 눈부신 빛이 한 번 번쩍하면서
방으로 움직이며 들어온다.
내가 환하게 밝아지는 것을 깨닫는다.
이제까지 보이지 않던 먼데까지도 보이는 한 瞬間의
빛…… 가을 아침은 밝아 온다.
뜰에서 노는 아이들의 부드러운 살결 속으로 이 환한
빛은 밝아 들어 왔으리라.
뜰에 있는 코스모스— 풀잎들 속까지 모두 透明하다.
모든 것이 이 빛 속에 없어져 버린다.
나는 나를 느낄 수 없는 황홀……
지금 내가 볼 수 있는 것은 없다.
먼 하늘 구름이 움직이면서 그 구름의 한 모서리가
무너지면서 내려 붓는 빛이다.
輕快한 音響이 부서지는 소리까지 듣는다.

가을이 되어

가을이 되어 나뭇잎이 떨어지고 하면
지나간 여름이
텅 빈 周圍에서
고무 風船처럼 떠오른다.

꼭지가 떨어질 듯한 열매
이 하나의 조그마한 感謝를 위하여
텅 비인 周圍를
뭐라 하면 좋을까?

이 가을 속으로 나도 들어 갈 것을
생각해 본다.
全身으로 흐르는 땀을 意識하면서
차라리 나는 열매를 보는가

텅 빈 周圍에서 하나의 嚴然한
結果를 보듯이
눈앞에 놓인 조그마한 열매 속에
무더운 여름날이 환히
펼쳐 있다.

감

길 가 오고 가며
보아 온 가지 끝
남아 있던 감

이 며칠을
그만 잊고 보지 않은 새에
떨어지고 없고
가지 끝 빈 하늘

그러나
내 머리 속에 그대로
대롱대롱 달려 있는
감 두 개
그건 아직 떨어지지 않고
있다.

꽃밭에서

어디만큼에서
너희는 나의 內部를 불 밝히는가?
꽃들이여
요즈음 같이
내가 나의 앉을 자리를 잊고
헤매이는 요즈음 같이
스스로의 內部를 끼웃거리며
그 가장자리를 빙빙 돌고 있는
나의 뜰 안에서
꽃들이여
너희는 어찌 그 가장자리를 빙빙 돌고 있을까.
꽃들이여
너희가 웃는 얼굴을 번갈아 보면
참말 모두가
빈틈없는 中心을 가지고 있구나
눈을 감으며
훤히 트이어 오는 內部로 눈
주는 사람을
꽃들이여
나는 너희의 훤한 어디만큼에서
주춤하고 있을까.

IV

驛

푸른 불 시그낼이 꿈처럼 어리는
거기 조그마한 驛이 있다.

빈 待合室에는
의지할 椅子 하나 없고

이따금
急行列車가 어지럽게 警笛을 울리며
지나간다.

눈이 오고
비가 오고……

아득한 線路위에
없는 듯 있는 듯
거기 조그마한 驛처럼 내가 있다.

郊外에서

都市가 한幅 그림처럼 보이는 것은
이러한 位置에서였다.

사람들 마저 온통
꽃밭처럼 피어져 있다.

봄이며 가을이며
季節이 오고 가는 門이 여기서
열리고 닫히는가 보다

이제 들꽃이
마지막 피었다.

나는 들꽃 하나를 따 들고
都市위에다 꽂아 본다.

病後

앓는 몸이 차츰차츰 回復해 가는 것처럼 神奇한 일은 없다.
　내 오래 意識하여 본 일없는 그 人體의 均衡과 安定의 자리로 내 몸이
　지금 徐徐히 잡히어 가는 가을

　눈물겨울 듯

　山이며 들이며 먼 마을들이 그 本來의 體力과 明暗의 자리로 훤히
다가오며 밝어가는 이 조용한 日程

列

지금
運動場에는 초등학교 어린이들이 列을 짓고
선생님의 말씀을 듣고 있습니다.

삐뚤삐뚤 삐뚤어진
일 학년 줄에서부터
이 학년
삼 학년
사 학년으로
層이 지며 차츰차츰 잡혀서 가는
하나의 秩序가
오른쪽 마지막 육 학년 줄에서
어엿이 完成되어 있습니다.

꽃 병 (1)

누굴까.
너희 가느른 허리에 이처럼 손을 얹고 있는 女人
그는 누굴까.

언제부터 무엇을 이처럼 기다리는 걸까.
항시 남 모를 하나의 불룩한 기쁨 같은 것을
스스로 孕胎하고 있는
꽃병
누가 꽂아 둔 것 아닌
아아
그날 스스로의 어쩔 수 없는 所望으로
피어 올린
연도 같은
꽃.

아이들

아이들을 보고 있으면 그 뭐라 말못할 純色感情이
나는 좋다.

새금파리 풀잎 같은 것
單純히 그런 것만을 가지고도 저렇게 그칠 줄을 모르는
滋味나는 나날

무엇일까
우리들 눈에는 보이지 않는
항시 이들에게만 있어 초롱초롱 보이는 저것은?

먼 초록의 아침을
처음으로 눈이 뜨면 뒤 더 크지도 늙지도 않는
햇볕 속에서
저렇게 줄곧 놀고 있었을 아이들

그 아이들이 주고받는 순한 저 목소리가
나는 좋아.

後 記

먼저 하나님의 사랑을 感謝드립니다.

"創世로부터 그의 보이지 아니하는 것들 곧 그의 永遠하신 能力과 神性이 그 만드신 萬物에 公明히 보여 알게 되다―로마書 1-20"

序文을 써 주시고 平素 指導해 주신 朴南秀 先生、 出版을 맡아주신 趙碩基 社長、 表紙畵를 애써 주신 李鍾祥 씨에게 感謝드립니다. 책을 내는 일에 수고해 주신 洪澤基・徐晢圭 兩씨 및 大田師範同門들에게 感謝 드립니다.

一九六三年 三月

韓 性 祺

落鄕以後

(1969)

序

　모르는 사람이 韓性祺氏의 편지를 받아 본다면 상대방을 女子로 알기 쉬울 것이다. 그것은 글씨부터가 女性的이고 또 편지의 사연도 女性처럼 자상하고 섬세한 데가 있기 때문이다. 韓性祺氏를 처음 만난 이후 오늘까지 나는 그의 편지를 처음 받았을 때 느꼈던 그러한 이미지를 아직도 느끼고 있다.

　韓性祺氏는 『文藝』誌의 推薦을 完了했으나 세 번째의 마지막 推薦이 『文藝』誌 廢刊으로 햇빛을 보지 못하고 『現代文學』誌에서 마지막 推薦을 받고 文壇에 登場한 詩人이다. 그러니까 氏의 文壇的 年條는 꽤 오랜 편이지만 언제나 地方에서만 살아 왔고 또 文壇的인 접촉을 별로 즐겨 하지 않는 性品이여서 언제나 新人과 같은 印象을 던져 주고 있다. 여기에서는 氏의 女性的인 수줍음도 물론 介在된 탓이기도 할 것이다.

　韓性祺氏는 누구를 만나도 아주 수줍어하는 그러한 모습으로 사람을 대한다. 六, 七年前 첫 詩集을 내고도 누구에게도 그것을 보여주지 않았던 것도 그러한 氏의 수줍음에서였을까. 이번의 이 詩集은 名色은

두 번째의 詩集이지만 實質的으로는 處女詩集과 마찬가지이다. 그것은
첫 번째의 詩集은 거의 文壇에 내놓지 않았을 뿐 아니라 그 속에 수록
된 作品들을 다시 손질해서 이곳에 수록한 것도 있기 때문이다.

늘 수줍어하고 있는 韓性祺氏의 모습은 사실은 氏의 겸손한 德性에
연유되고 있다. 겸손히 하나의 人格이요 自信인 것처럼 氏의 作品이
남몰래 조용히 自身을 主張하고 있는 하나의 빛이요 價値인 것을 이
詩集은 證明해 줄 것이다.

1969年 10月

趙 演 鉉

I

열매
바람
四月
눈
가을

열매

꽃이파리는 떨어져 어디로 갈까
꽃이파리의 떨어지는
모습을 보면서
나는 어지러웠었다.
꽃이파리 짧은 落下
떨어져서 오히려 오래
보이는 모습
그것은 모양이 없어지고
비로소 나타나는 뜻
당신의 모습
우리는 그래서 떨어지는
아름다운 것에서
두 가지의 모습을 보는가.
하나는 보이는 洛花로
하나는 보이지 않는 뜻으로
하나는 쉬 잊을 수 있는 것으로
하나는 영 잊혀지지 않는 것으로
하나는 永遠으로
하나는 瞬間으로
꽃이파리 떨어져 어디로 갈까
떨어져 먼 땅굽이를 돌아서

돌아온
당신의 모습
永遠의 모습
떨어져 간 것이 어찌해서
열매 속에서 삼키어 버렸을까
열매 속으로 보는 꽃이파리
가지마다 기쁨은 넘치고
떨어져서 오히려 우러러 뵈는
당신의 모습

바람

풀풀 거리면서 눈이 오는 날
미치광이가
됐다.
검부러기며 뭐며
온통 집어 올려서
멥다 부치는
直性
나뭇잎들이
銃맞아
날아가는 새같이
내려 꽂힌다.
어수선해지는 골 안
밤이면
꼭 기왓골에 붙어서
이(齒)
가는 소리
怨恨있는 사람의
으드득 으드득
이
가는 소리.
새벽에 일어나서

지붕이 날아가고
기왓장이 깨지고
뒤범벅을 해 놓고
가 버린
놈.
그날 아침의
무참한 寂莫

四月

나무마다 물이 오르는
환한 시골길

네 살 짜리 배꼽 밑으로
벗어버린
四月의 表情

흙투성이 손에
불끈 쥔 눈이 뒤집힌
개구리의
뻗어버린 뒷다리

그러고도 무엇 때문에
우는지 흙투성이의
손의 欲求

눈

버스 停留所 周邊은
사람들 때문에 붐 비는데

사람들 때문에 발 밑에 밟히면서
녹아 나는 눈

이것들을 멀찍이 서서
視野에 넣을 때 같이 사람까지
하얄 때도 있을까.

녹아 나면서 고운 빛
녹아나면서 周圍와 協力해서
고운 빛

사람들이 없는 눈은
깨끗해도 어두운데

사람들 발 밑에 밟히면서
하얘 보이는 눈의 美學은 무엇일까

녹아 나면서 周圍와 協力해서
하얀
빛.

가을

朝夕으로
나무 밑에 가서 한참씩 쉬었다가
오는 버릇이 있다.

잃어버린 것을 찾으러 가듯
나무 밑에 가서 앉으면
나는 우선 혼자가 아니다.
나무는 그때 가을
이파리를 나의 어깨에 떨구면서
<친구 참 오래도 山에 있소>
했다.

나는 조금 무안해서 그저 웃을 뿐
뭐라 당장 할말을 몰랐다.

떨어진 이파리를 손에 들고
지금 내게서도 이렇게
分明한 것을 찾을 수 있었으면
하고 눈을 감는다.

툭툭 털며 일어나서

얼마쯤 오다가 뒤돌아보면

나무는 어찌해서
저 空間을 저같이 썩 어울려
빈 틈 없이 서 있을까
感嘆해 본다.

Ⅱ

落葉　새
集點　꽃병
　　驛

落葉

이상한 생각이 든다.
버즘나무 꼭대기에서 굴러 떨어지는
가랑잎 때문에
버즘나무는 커 보인다.
그것은 굉장한
瞬間에 있는 일인데
또 굉장히 오랫동안
繼續하고 있는 일 같기도 하다.
그러는 동안에
버즘나무는 컸는지도 모른다.

나무 밑으로 오는 사람들이
금시 없어져 버린다.
나무 탓이 아닐텐데
나무 밑으로 오는 사람들이
금시 없어지는 것은 곧
落葉이 진다는 이야기가 아닐까.

가을을 背景해서 떨어지는
가랑잎은 締念일까.
가랑잎 따라

마을도 들도 호들갑을
떤다.
鍾소리 마저 숲 近處서
外面하고 돌아간다.

새

나뭇가지에 새가 날아 왔다.

새가 날아 와서
비로소 팽팽해지는 나뭇가지

그래서 새는 神이 났는지
모른다.

새는
가지 사이의 밭을
울음 울면서 移動했다.
도롯도를 추듯이
한참을 바쁘게
바쁘게
오르내렸다.

나뭇가지에 앉은 새는
그때같이 즐거울 수 있을까

새가 앉은 나뭇가지는
그때같이 팽팽할 수 있을까.

焦點

시골서 살면서
이따금 시골을 잃어버릴 때가 있다.

그냥
앞이 까마득해지고
分明해지지 않는 것

하루는 밖에서 돌아 와
읽어 버렸던 시골을 바둑판 위에서
찾았다.

방안에 있는 것 중에서
그중 좁은 바둑판이 그때 별안간
擴大해 가고 있었다.

까마득했던 것이
焦點을 찾아 分明해지는 시골
방안에 있으면서
오히려 바깥 無邊과 통하는 것
시골을 잃어버릴 때마다
바둑판을 보면
擴大해 가는 들녘

꽃병

偶然한 瞬間

꽃병은 울며 돌아앉은 너의 모습. 가까이 가서 그 가녀린 어깨를 툭툭 치고 보면 벌써 너는 굳어버린 하나의 병이 된다.

꽃병 속에 불어넣은 것… 그런 것이 있다면. 우리들 죽어간 사람으로 굳어버린 속에서 피어나는 꽃이 아닐까?

꽃병은 잊어버린 우리들의 時間 時間을 움직이면서 실은 그 一部는 끝내 움직이지 않는다.

周圍는 헝클어진 머리카락… 그러한 것으로 어둡고 답답하니 파묻힌 얼굴은 벌써 떠나가 버린 空間을 外面한지 오래이다.

이 쓸쓸한 卓子위를 無聊히 차지하고 앉은 하나의 병이여. 물을 담으면 그것으로 너는 비로소 움직이는가?

떨리는 떨리는 손들

꽃병은 다시 웃으면서 돌아앉는 너의 모습. 가까이
가서 그 가녀린 어깨를 툭툭 치고 보면 벌써 너는 굳어
버린 하나의 병이 된다.

驛

푸른 불 시그널이 꿈처럼 어리는
거기 조그마한 驛이 있다.

빈 待合室에는
의지할 椅子 하나 없고

이따금
急行列車가 어지럽게 警笛을 울리며
지나간다.

눈이 오고
비가 오고……

아득한 線路위에
없는 듯 있는 듯
거기 조그마한 驛처럼 내가 있다.

Ⅲ

山

아침이면 커다란 날개짓 하며
날아오는 한 마리의 새를
볼 수 있었다.
아침이면 하늘을 뒤덮듯이
머리위로 날아가는
한 마리의 새를 볼 수
있었다.
몇 해 아침을
머리위로 지나가는 한 마리의
새.
새는 나뭇가지에 앉듯이
하늘가에 앉아
먼 곳을 바라보고 있었다.
아침이면 나는
그 새의 눈과 입부리를
볼 수 있었다.
아침이면 숲 속을 따라
봉우리에까지 갔었다.
숲빛 날개를 한 새를
돌아보며……
숲 속은 아직 컴컴한데

멀리 얼룩지는
빛과 그늘
마을 全體가 저만치
내려다보일 무렵
하늘가에 앉아 있던 새는
떠나 버린다.
어디론지…
아침이면 나는 봉우리에 앉아
훨훨 날개 치며
波濤같이 출렁이는 봉우리
위를 아득히 날아가는
한 마리의 새를 볼 수
있었다.

特別祈禱

외로워서 나는
祈禱를 시작했다.
외로워서 전에 詩를 쓸 때 같이

과녁을 向해 날아가는 화살같이
돌아다보면 날아가
꽂히는 마을

누군가 같이 있고 싶었다.
절름발이 문둥이 肺結絿者들
틈새에 앉아 祈禱를 드리면서
하루 아침엔 몹시 울었다.
그 울음의 조금은 서러웠고
조금은 고마웠다.

지붕 기왓장도 날리는 겨울 바람소리
밤을 세워 기도하는 사람들—

밤을 새워 맞서듯이
바람소리와 祈禱소리

밤을 새워 맞서듯이
바람소리와 祈禱소리

비

平素에는 어쩐지 모르는 시골에
비가 내려서
조용하다

갑자기 비가 뿌리면서
밀려가는
周圍의 고요

밀려 나간 고요는
바로 同質의 빗소리 안에서
하나가 돼 버리고—
周圍는 더 조용하다

近距離에서 뛰는 個個의
빗소리며
먼
山.

視野

내 눈에는
늘 들이 있고 山이 있다.
꼬박 10年을 바라보며
살아 온 눈
아무나 그릴 수도
지울 수도 없는 나무가 서 있고
먼 마을이 있다.
내 눈에는 이제
都市에 나와서 더 잘
보이는 風景이
있다.
낯선 寫眞帖에서
나무를 背景해서 찍은
눈 눈 눈…
그 낯이 익은 나뭇잎들.
집에 돌아 와
窓으로 내다보는 山
그러나 山은 이제 내 눈앞에
두고도 보이지 않을 때가
있다.

郊外에서

都市가 한幅 그림처럼 보이는 것은
이러한 位置에서였다.

사람들마저 온통
꽃밭처럼 피어져 있다.

봄이며 가을이며
季節이 오고 가는 門이 여기서
열리고 닫히는가 보다

이제 들꽃이
마지막 피었다.

나는 들꽃 하나를 따 들고
都市위에다 꽂아 본다.

IV

山
이맘쯤에서
落花
三月
列

山

하루를 所重히 보내고 싶다.
뜰로 내려서면
視野로 들어오는 山
그 山을 잊지 않고
살고 싶다.

언제부턴가
조용한 周圍가 좋았다.
조용해서 모두 정이 드는 시골
가까운 마을이며
머언 비탈
뜰로 내려서듯이
시골로 내려 온 10年
쓸쓸히 생각하며
돌아보고 싶다.
人事는 흐려 가고
山河만은 내내 새롭구나.

하루를 所重히 보내고 싶다.
언제부턴가
조용한 周圍가 좋았다.
10年을 삼켜서
비로소 보이는
먼 山

이맘쯤에서

당신의 이마를 사랑하기 위해서는
이맘쯤에서
바라볼 뿐

당산의 가깝고도 먼
그 입 언저리가 微笑를
잃어버리지 않기 위해서는
이맘쯤에서
바라볼 뿐

손을 대서는 안 되는
그릇이다.
손을 대는 瞬間 날아가는
웃음이며 靈…

그릇째 그릇째로 바로 보는
멀고도 가까운 이
하늘과 같은 것을
영원과 같은 것을
잃어버리지 않기를 위해서는

이맘쯤에서
항시 나를 抑制하며

落花

이 파리는 하나씩 맥 놓고 떨어지며 있었다. 무너진 흙담 흙담에 비스듬히 서 있는 살구꽃 나무에서ㅡ. 무너진 흙담, 무너진 흙담은 지금 이래도 가서 볼을 비비고 싶은 故鄕 어릴 때의 그 모서리를 가져다 놓은 것.

그녀는 울고 있었다. 눈물 뚝뚝뚝. 잘 보면 살구꽃나무는 그런 그녀의 모습, 무너진 흙담과 形象이 꼭 그렇다. 물끄러미 이것을 본다. 내 안에서 울고 있는 그녀. 내 아내, 내 누이, 그리고 딸 아이… 그녀들은 어째서 여기 와서 한 몫 우는가. 울어도 소리가 없다. 그 중에도 딸애야 너는 또 두 무릎 새에 얼굴을 콱 묻고 있을까.

그리고 얼마나 지났을까. 그녀들이 앉았던 場所에 커다란 과일이나 하나 갈바람에 싱그러히 달려 있었다. 그것은 저 바깥 風景, 지난해 이 산 속에서 내가 손에 들었던 한 낱의 감… 그대의 그 감의 무게와 해에 비추어 보던 빛깔의 눈부심, 깨물어 먹고 싶도록 조용한 모습… 그 속에는 정녕 내가 듣고 싶은 이야기도 있는 것 같다. 지난해의 비바람과 햇볕과 저 落花들도 무수히 가서 묻힌 이야기…

그러나 겨우내. 나는 이 열매에 대한 사실을 까마득히 잊고 있었다. 무엇 때문일까 무슨 한가지 일에 나는 몹시 골몰해 있었다. 祈禱, 나는 종시 잊어버린 것이 생각나지 않았다. 눈은 그런 내 山房옆으로 꽃잎같이 펄펄 날리면서 나는 외로웠다. 산골짝 물소리도 꽁꽁 얼어붙은 채

그리고 꽃잎은 피고 꽃잎은 지고 있었다. 불빛같이…
무너진 흙담, 흙담 어두운 데로 깊숙이 떨어지고 있었다.
두 가지의 형태로… 하나는 영 잊을 수 없는 것으로 하나는 쉬 잊을 수 없는 것으로 하나는 보이는 것으로 하나는 보이지 않는 뜻으로… 아주 뚝뚝뚝, 하나는 그득그득 充滿한 것으로 스스로의 가지들을 때리면서 그러나 하나는 안쓰러운 表情으로 아, 하나는 永遠으로 하나는 瞬間으로….

三月

따뜻하고 조용한 날
복숭아 밭 剪技를 했다.

누가 내다보고 있다.
한나절 싹둑거리는 소리

바람이 덜렁거리는 날
우리는 이웃에 놀러 갔다.

그새 치워 버린
오일 · 스토오쁘…

椅子에 앉아 한참을
그 빈자리를 본다.

器物은 치웠으나
한동안 지워지지 않던 빈 자리

조용하고 따뜻한 날
복숭아 밭 剪技를 했다.

복숭아 밭 가지 사이로
꽃잎같이 어른대는 사람의 모습

列

지금
運動場에는 초등학교 어린이들이 列을 짓고
선생님의 말씀을 듣고 있습니다.

삐뚤삐뚤 삐뚤어진
일 학년 줄에서부터
이 학년
삼 학년
사 학년으로
層이 지고 차츰차츰 잡혀져 가는
하나의 秩序가
오른쪽 마지막 육 학년 줄에서
어엿이 完成되어 있습니다.

V

樂
朝 夕
山
省 墓
아이들

樂

나는 밭에 나가서 조금씩 일을 했다
얼마간의 땅을 삽으로 파 일구었다

두둑을 만들고 씨앗을 뿌린 다음
그 一定한 面積이 나의 領域인 것 같이 찾아갔다

토마토 봄배추 가지 오이…
그것들이 싹트면서 자라나는 것을 보는 일은
그지없이 기쁜 일이었다.

單純한데서 지루하지 않으려는 것
어쩌면 無味하고 아무 것도 아닌 것과 사귀면서
그 속에서 樂을 찾았다.

季節이 바뀔 때마다 스스로 주시는 말씀
늘 그 말씀이시다.

조용하면서도 당당하고
나직하면서도 카랑카랑한 목소리

朝 夕

저녁 어스름만 되면
나는 밖으로 나가 본다.
어둠에 묻혀 버리는 山들
육중한 山들이
말없이 하나 하나
없어지면서 나도 없어져 버린다.

어둠 속에 山과 나는 없어지고
어둠 속에 山과 나는
儼然했다.

첫 새벽부터
나는 밖으로 나가 본다.
周圍가 차차로 밝아 오는 것을
내다보는 눈
山들이 하나 하나 나타나고
나무들이 하나 하나 밝아 오는 것을
내다보는 눈

빗속에 山과 나무들은
나타났다가

빛 속에 山과 그것들은
없어졌다.

山

시골에 와서
視力이 나빠졌다.

아무리 둘려 보아도
전같이 새롭지가 않는 日常

돌아앉아
멀리 날아가 버린 것을 본다.

나이를 먹으면서
조금씩 뱉어내는 가래침같이

눈 앞 것들은 어둡고
날아가 버린 것들이 새로운 시골

시골은 山에 올라
또 먼 山.

省 墓

할머니 墓앞에 엎드린 손주는
실상은
墓 속에 아니라
그 가슴 속에 있는 할머니에게
절을 하고 있었다.

이제 나는
내가 죽은 뒤에
가서 묻힐 곳이 어딘지를
分明히 안다.

아이들

아이들을 보고 있으면 그 뭐라 말못할 純色感情이
나는 좋다.

새 금파리 풀잎 같은 것
單純히 그런 것만을 가지고도 저렇게 그칠 줄을 모르는
滋味나는 나날

무엇일까
우리들 눈에는 보이지 않는
항시 이들에게만 있어 초롱초롱 보이는 저것은?

먼 草綠의 아침을
처음으로 눈이 뜨인 뒤 더 크지도 늙지도 않는
햇볕 속에서
저렇게 줄곧 놀고 있었을 아이들

그 아이들이 주고 받는 순한 저 목소리가
나는 좋다.

VI

밤
낮
十一月
시골에서
나무

밤

저녁어스름을
어두워 가는 房은 그대로
놔두고 싶다.

理由 없이
쓸쓸하며 흐뭇한 時間

밖으로 나와서
房과 함께 어둠 속에 나도
묻히는 時間

캄캄해진 房으로 들어와
咫尺을 더듬으며
호롱에 불을 물린다.

새색시처럼 불빛에도
놀래는 房

나는 다시 바깥
어둠 속으로 나와서
周圍와 함께
불빛에 떠는 房을 본다.

낮

시골서 山과 나무를 背景해서
나는 四方을 본다

들길을 걷다가
마주치는 사람의 뒷전으로
눈에 띠는
먼 山.

나무를 向해서 걸어가는 사람들―
그것을 가끔 바라보는
日常

나무와 나란히 서 있는
사람들이
幸福해 보일 때도 있을까.

나무는 사나이 같이 서 있고
가끔 나무 밑 그늘로 들어서는
그녀는 多情해 보이는 同行

十一月

純粹한 것을 서로
잊어버리고 싶다.

나직히 하늘을 向해서
그리고 먼데 都市를 向해

한나절 回收되는
땅에 떨어지는 뜻

十二月은 落葉으로 어두웠다가
浮刻하는 裸木의 언저리

그 나직하면서 카랑카랑한
말씀과 같다.

燈皮을 닦으면서
새로 淸明한 하늘에 불을 담는

이맘때면 더 잘 보이는
턱 고인 正確한 來日이 있다.

시골에서

10年 내내 변하지 않는
山河며 하늘

시골에 와서 오히려 외롭지 않는
새로운 日常

겉으로는 쓸쓸해 보여도
한가지 마음 먹은 대로

孤獨의 壁과 마주 앉으면
새로 변하는 하늘

머리맡에 聖書 한 권을
標準 삼아

이따금 讚頌歌도
소리 내 부르면서

쓸쓸한 시골은 사궈 보면
어둠을 삼켜 가는 靈

나무

언제나 쓸쓸히 비워 있는
뒤 울안에 앉아서

문득 나는
혼자가 아니라는 생각이다.

한 그루 樹木을
바라다 보면서

벌써 여러 해를 나와 함께
마음 속에 있어 준
모습

그것은
시체말로 나의 愛人이래도 하나
서 있을만한 자리를
차지하고

나의 등과 등을 해 주었고
나의 마음과 한가지 마음해 주었고
저처럼 나에게도 깊이 눈감는

버릇을 주었고

이제 나에게 끊임없는 소원까지
주면서

우리 서로 만났다가도 별로
말없이 헤어지는
日常의 벗들처럼

문득 나는
혼자가 아니라는 생각이다.

後 記

　10年 내내 나는 서울 한번 다녀오지 못한 채 시골에만 눌러 있다. 理由는 없다. 있었다면 健康 때문이다.

　나는 시골서 걷는데 재미를 붙이고 있다. 거의 每日같이 시골길을 二十里씩은 걸었을까. 때로는 아내와 같이 때로는 이웃 靑年과…. 그리고 大部分 나는 혼자서 걸었다. 걸으면서 나는 健康이 좋아졌으면 했고 걸으면서 나는 간간 詩를 생각했다.

　시골길을 걸으면서 조금씩 갈긴 것들을 묶어 보았다. 五・六年前 명색 詩集이라는 것을 낸 일이 있지만 그리고 그때 내 事情도 있었지만 책이 거이 文壇에 선을 보이지 못했다. 그래서 이 책을 첫 詩集으로 알고 그때 것도 몇 편 再湯해 넣었다.

　나는 이번에 詩稿를 整理하면서 過去 發表했던 作品 一部를 뜯어 고쳤다. 오히려 作品에 흠이 가지 않았나 하는 念慮도 하면서…. 그러나 어쩔 수 없었다.

　序文을 주시고 激勵해 주신 趙演鉉 先生, 10餘年을 大田師範에서 같이 지낸 정분으로 裝幀을 맡아 주신 李東勳畵伯께 머리 숙입니다.

1969年 9月

著　者

失鄕

(1972)

序

大田 근처에 볼일이 있으면 나는 으례히 유성온천에 들린다. 大田을 지나가는 일이 있어도 대개 유성온천에서 하룻밤을 쉬고 간다. 마음이 울적하면 아무 용무도 없이 유성온천에서 하룻밤 자고 오는 일도 있다. 韓性祺형이 그곳에 있는 까닭이 아닌가 싶다.

나도 그렇지만 韓형도 술을 통 못한다. 두 사람 다 술을 못하기 때문에 모처럼 만났다고 해도 두 사람에게 공통되는 즐거움은 없다. 한 시간이고 두 시간이고 말없이 서로 마주앉아만 있다가 헤어지는 것뿐이다. 그렇게 심심하게 만났다 헤어지는 것뿐인데도 韓형을 만나고 나면 이상하게도 나는 慰安같은 것을 얻게 된다. 이 때문에 나는 자주 유성엘 가는 것일까.

韓형의 주변에는 언제나 그의 제자들이 많이 드나든다. 학교에서 배운 제자들도 있고, 詩를 공부하는 제자들도 있다. 그의 두 번째 詩集도 그랬듯이 이번의 이 세 번째 詩集도 그의 주위에 드나드는 그의 제자들에 의해서 출판되고, 또 책이 나오면 그들이 어떻게 해서라도 消化시켜주기로 되어있다고 들었다. 이것은 한 詩人으로서의 그의 位置와

한 人間으로서의 그의 人格이 이룩한 美談인지도 모르겠다.

韓형은 내가 즐겨 읽는 몇 사람밖에 안 되는 詩人중의 한 사람이지만 이번 이 詩集 속에 들어있는 「둑길」은 특히 내가 愛着을 갖는 作品들이다. 어릴 때 고양의 둑길을 즐겨 거닐던 일이 되새겨지기 때문인지도 모르겠다. 어릴 때 내가 거닐던 둑길에는 아카시아나무가 무성했는데 韓형이 거닌 둑길에는 미루나무가 심어져있는 것 같다. 韓형은 그 미루나무가 있는 둑길을 거닐면서 자신의 人生을 정돈하기도하고 자신의 詩를 가다듬어 보기도 한 것일까.

脚光받는 舞臺를 피해 늘 남모르게 조용히 둑길을 거닐고 있는 이 詩人에 대한 注目과 關心은 의외로 날로 擴大되어가고 있다. 그의 조용한 存在가 한층 더 큰 우리 詩壇의 빛이 되어가고 있는 것을 지켜보는 것은 참 즐거운 일이다.

一九七二年 八月

趙 演 鉉

I

새

새가 하늘 높이
뜰 때마다 눈에 띄는 마을이 있다.

새가 하늘 높이
뜰 대마다 눈에 띄는 山이 있다.

새가 하늘 높이 뜰 때마다
그때마다 圓의 頂上을

슬슬 도는
새

視野를 벗어나며
새를 까마득히 놓아버린
시골

10年을 必要했을지 모른다.
새가 하늘 높이
뜨기까지는

다음 필름같이
마을이 보이고 먼 山이 눈에
확
띄기까지는

새

每日같이 둑길을 돌았으나
내 발걸음이 無意味할 때가 많다.
每日같이 山모롱을 돌았어도
내 발걸음이 無意味할 때가 많다.
하루는 偶然히
해오리들이 하얗게 앉아 있는 솔밭을 다녀왔다.
수백 마리의 새들……
그런 뒤로는
山모롱을 돌 때마다
그곳 논에 와 있는 해오리들이
눈에 띄었다.
둑길을 돌 때마다
하늘에서 내려오는 해오리들이
눈에 띄었다.

嶺

추풍령 막바지로 다시
찾아가고 싶다.

그곳에 가서
五年동안이나 흘린 내 눈물을
보고 싶다
五年동안이나 흘린 내 눈물이
지금쯤 말랐는지를
보고 싶다

어떤 때는 나무 밑에서
어떤 때는 山마루에서
어떤 때는 밤이슬 내리는
바위에 엎드려서
흘린 눈물

嶺너머 하늘은 언제나 푸르렀다
그 나무 밑에서
그 山마루에서
그 바위 위에서
지금쯤 이슬이 되어
기다리고 있을지도 모를 내 눈물

處方

잠이 오지 않았다.
석 달 열흘을 아무리 애써보아도
잠이 오지 않았다.

병원과 약방을 찾았으나
나를 잠들게 하지 못하는 약들
밤이면 眼鏡너머로
내 병을 짚던 醫師의 얼굴

잠이 오지 않았다
사람의 手段과 方法의 限界

山을 향해 떠났다.

마을이 멀어져 가고
世上이 멀어져 갔다.

사람들의 목소리가 멀어져가고
車바퀴 구르는 소리가
멀어져 갔다.
병원도

약방도

山에 到着하던 날부터
쿨쿨 잠을 잤다.

原點

시골 초등학교 正門으로 들어섰다.
조그마한 學校
四十餘年만에 보는 普通學校
옛날에 나도 꼭 요만한 학교를 다녔다.

그곳 나무 벤치에 앉아
이마의 땀을 닦으면서
바라보는
四十餘年만의 普通學校 운동장

어딘지 나는 그간 막연하게 돌아다녔는데
한바퀴 돌아온
偶然한
原點

조그마한 學校 운동장을 바라보면서
자꾸 어딘지 한바퀴
삐잉 돌아서
이곳까지 왔다는 생각이 들었다.

大豊

山모롱을 도는데
숲에서 새 한 마리
기겁을 하면서 날아갔다.

시골에도 참
새를 구경하기가 힘들다.

들로 나갔다.
벼이삭이 누래서 大豊이다.
벼이삭이 누래서 豊年인데
이상하게 쓸쓸했다.
논두렁 풀섶을 툭툭 차면서
가는데
메뚜기가 없다.
메뚜기는 한 마리도 없다.

사람들 가운데서

사람들 틈에서 나도 있었다.
많은 사람들이 일제히 소리내는 기도소리

그냥 듣고 있었다.
하나님이 보실 때는 제일 미련해서
표가 나겠지

窓가에 서서 들었다.
맨 뒷자리에 앉아
울부짖는 문둥이
지금 많은 사람들 가운데서도
하나님 옷자락을 붙잡고 있는 것은
그 뿐이리라

山마루에 서서 들었다.
부엉새같이
그 소리가 멀리 들렸다.
나는 외로웠다.

새벽

새벽은 말이 없다
山모롱을 돌았다

국도 시커먼 콜타르 위로
햇살이 번지는
아침

山에서 새들이 내려오고 있다
그 새들의 가벼운
점프

벌써 심심치 않게 지나가는
車輛의 速度
몇 번이나 쳐지고 마는
나의 발걸음

한 대
두 대

플라타나스 밑을
플라타나스도 가고 있다

플라타나스 이파리로 햇살이
가득히 번지는
아침

II

둑길 I

햇살은 모두
둑 밑에 내려와 있다.

미루나무 가지 사이로
江바람이
분다.

自轉車를 타고 가는 시골 靑年
自轉車 바퀴살에

햇살이 실려서
돌아간다.

그 바퀴 살 사이로
透明한
江

얼마쯤 걸었을까

미루나무도 가고 있는지……
미루나무는 조금씩
작아져 갔다.

둑길 II

새벽은 말이 없다.

미루나무가 걸어오고 있다.
미루나무 옆에 가서 섰다.

江은
불을 켜댄 한 자루
초 끝
불을 머금은 瞬間

느닷없이
새벽을 찢고
방울을 흔드는 물새

그 물새의 울음소리 때문에
서서히 밝아오는
빛

外燈이
하나
당황하며 어쩔 줄을 모른다.

둑길 Ⅲ

걸음이 빨랐다.
하루에 빠져 나오는 일이
급할 때가 있다.

둑길에서도
줄곧 걸음이 빨랐다.
무슨 音響이라도 들려주었으면……
아무소리도 들려오지 않아

허전한 날이 있다.
바쁜 걸음으로
둑길에서 되돌아온다.
사람들이 오가고
自動車의 빵빵 소리
그래서
精神이 드는 날이 있다.

둑길 IV

햇살이 어지러웠다.
머리 밑이 따가웠다.
마른번개같이 번뜩이는
빛 하나
머리 위를 가르며 지나갔다.
깡그리 베어간 벼의 밑 둥
갈기고 갈기면 지나간
날 하나
햇살에 부딪쳐서
하늘에 아직 살아서 남았나보다
시퍼런 날
그것이 되살아나서
波濤같이 되살아나서
들녘을 번득이고 있다.

둑길 V

車窓으로 빗물이 흐른다.
창을
열어주지 않아
쌔리는 빗줄기
버스는
江을 건너서 섰다.
등을 때리는
번개
커다란 音聲 안으로
들어서는
江
一帶
일행은
비에 젖은 닭같이
마을로 들어섰다.

둑길 VI

每日같이 둑길을 걸었다.
벌써 4年째

둑길을 걸으면서
나는 世上을 생각했다.
바쁘게 돌아가는
世上과

서서히 도는
둑길

먼 길
내게는 먼 嶺마루를 넘어서
永同 禮山 鳥致院 유성으로
10年이 걸려서
돌아온
길이 있다.

每日같이 둑길을 걸으면서
나는 10年을 생각했다.
바쁘게 돌아가는
世上과
서서히 도는
둑길

둑길Ⅶ

每日같이 둑길을 걸었다.
벌써 4年째

어떤 때는 먼 山만 바라보며
어떤 때는 발 밑만 바라보며

당분간 내가 살아가는
方法은 이것뿐

당분간 내가 살아가는
방법은 이 둑길을 걷는 일 뿐

처음에는 심심해서 걸었다.
다음에는 習慣이 돼서 걸었다.
다음부터는 즐거워서
걷는 둑길

둑길에서 만난 사람은 별로 없었다.
둑길에서 만난 사람은
간혹 낯설은 햇살

熱心히 둑길을 걸으면
나는 사람이 보일 것 같아서

熱心히 둑길을 걸으면
나는 地球의 끝이 보일 것 같아서

Ⅲ

II

새

내가 둑길을 도는 것과
때를 같이 해서
비둘기 떼가
하늘을 날고 있었다.

내가 돌다리 近處까지 왔을 때
비둘기들은
그곳 따뜻한 모래밭으로
싸악 내려왔다.
그
密集

鳩首會議
무슨 의논들 하는지
비둘기들은 모여 앉아
얼굴을 맞대고
한참을
종종댔다.

어떤 決定을 내렸을까.
一瞬 푸드득 날아오는
그
擴散

눈

山에 와 있다.
집을 멀리 떠나서

멀리 떠나와서
잘 보이는
집

山에는 아무도 없었다.
아무도 없는 山에서
이따금 빠꼼히 보는
눈

山을 돌아다니면서
이따금 그 눈과
마주친다.

그 눈은
사람의 눈같이 아프지 않아서
좋다.

그 눈은 서글서글해서
언제나 즐거워서
좋다.

同行

얼마쯤 걸었을까.
발 밑이 환해지면서
우리는 잠잠해졌다.
발 밑이 환해져서 끊어진
말소리
발 밑이 환해져서 이미
필요하지 않았던
말소리
묵묵히 우리는 서로 그냥 걸었다.
얼마쯤 걸었을까.
발 밑이 환해져서
돌아다본 市街
귀를 기울여도 이미
들려오지 않는
一切의 音響
발 밑이 환해져서 이미
필요하지 않았던
말소리
묵묵히 우리는 서로 그냥 걸었다.

모두 말이 없었지

몇 바퀴 도는지 모른다
핑그르르
눈물이 도는지 모른다
복숭아 꽃잎이
우리는 그냥 있을 수가 있어야지
복숭아 꽃잎 지는
언덕에 올라
술잔을 기울였지
몸에 불을 부치기 위해
몇 바퀴 도는지 모른다
핑그르르
가냘픈 몸짓인데
보고만 있을 수가 있어야지
언덕을 내려오는데
모두 말이 없었지

나무 옆에 서서

나무 옆에 서 있으면
祈禱하는 者의 모습
혼자 서 있어도
외롭지 않은 기도하는 모습
아 모습
하나를 向해서
集中해 들어가는 모습
그래서 마침내 到達한
모습이 나무가 아닐까
나무 옆에 서 있으면
到達한 者의 목소리
아무 데나 서서 스스로 安分하고
아무 데나 서서 스스로 完成하고
심심하면 참새새끼 같은 것을
불러들여 無聊를 즐기시고
그래서 마침내 흐뭇해하는
모습

下弦의 달

뻘겋게 취한 얼굴이다.
라이터 불에
비춰 본
밤 열시
뜨지 못하는 막 버스 옆에서
어두운 視野를
살폈다.
먼 마을인 듯
까뭇거리는
별빛

달려오는 불빛 보고
손을 들었다.
트럭
딱딱한 앞자리
어차피 늦은 時間을
밤길을 뛰는
쇠붙이와
사람
山마루로
달이 슬슬 따라오고 있다.

月珂에서

내가 간 月珂는 개구리소리뿐이었다.
나무 밑에서 靑年은 기타를 뜯고
나무 밑에서 靑年은 죽음을 생각하고

내가 간 月珂는 달빛뿐이었다.
나뭇가지에 걸려있는 달
나뭇가지 사이로 솟은 山마루

나는 잠이 오지 않았다.
개구리소리는 山 속에서 들려오고
기타 소리는 달빛에서 흘러오고

달여울

언덕을 내려오는데
달이 따라오고 있었다.
뜨락
저녁상을 지켜보던
눈
뒤돌아보며
뒤돌아보며
얼굴 가득히
퍼붓는
달빛

발목을 걸고
개울을 반쯤 건넜을까.
달빛이 떠나려가
열리는
여울소리
여울에 부서져서
소리내는
달빛

IV

VI

限界

다같이 흙으로 빚었을 터인데
하나는 하늘을 날으는
새로
하나는 물 속을 헤엄치는
물고기로 區別된 것이
神奇하다.

하루는
썩 하늘이 개인 날
湖水가에 서서
이것들의 하나는
하늘을 마음껏 날으고
이것들의 하나는
물 속에서 自由로히 노는
모습을 보면서
나는 살아가는
어떤 限界같은 것을
보았다.

肉

어깨를 조금씩 가리자.
어깨를 조금씩 가리자.
겨드랑 밑
시커먼 털들

무르팍을 조금씩 가리자.
무르팍을 조금씩 가리자.
무르팍 말굽 같은
흉한 뼈마다
어깨를 조금씩 가리면
宇宙의 추악한 것이
조금씩 가리워지지 않을까.
무르팍을 조금씩 가리면
宇宙의 부끄러운 데가
조금씩 가리워지지 않을까.

조금씩 어깨를 가리자.
조금씩 무르팍을 가리자.
조금씩 조금씩 노출된
마음도 가리자.

祈禱

개구리들이 들끓고 있다.
개구리들이 일제히 목을 놓아
마을을 어둠 속으로
밀어 넣는다.
마을은
개구리 울음소리와
어둠뿐

개구리의 울음소리는
진정이다.
개구리의 울음소리는
진정이기 때문에
그것은 기도다.
땀을 뻘뻘 흘리면서
우는 목소리
와갈와갈
그것은 어쩌면 無意味하고
소음에 가까울지 모르나
기도는 기도다.
나도 개구리 같은 기도를
하고 싶다.

理由

아까부터 理由도 없이
서성댔다.

卓子 위에는
책과
빈 유리컵

유리컵이 있었다는 것은
나중에 알았지만

목이 말라
偶然히 유리컵에
물을 부었다.

유리컵 속에
뜨는
바다

홀 안이 환해졌다.
바깥도 환해졌다.

정류소

버즘나무 밑
정류소서
버스를 기다렸다.
門을 닫아
버린
점포.
우수수
머리 위로 가랑잎을
휩쓰는
바람
소리.
버스가 오는데도
손을 들지
않았다.
아까부터 가랑잎을
휩쓰는
바람
소리.
그 소리를 엿들으며
그냥 나는
서
있었다.

코스모스

소풍을 떠나는
초등학교 아이들의
行列
行列따라
들길로 떠난다.
떠는
햇살
먼
여름바다에서 나온
보얀 피부를
말리는
햇살
햇살 속에 트는
成熟
아이
사람이 나타나서
빛나는
꽃잎들

落葉

바람이 불어서
一時에 지는
落葉
그것도 낙엽인지 모른다.
바람 한 점 없는 날
무슨 오랜
생각 끝에 지는
나뭇잎
그것은 우리들 머릿속에서도
오래 남는다.

跋

韓性祺만큼 柔軟하고 예민한 感受性의 所有者도 드물다. 그의 솔직한 言語와 淨潔한 知性은 항상 충격적인 現實感과 立體的인 安定感을 그의 詩에 가져다주고 있다.

이번에 새로 엮은 詩集 『失鄕』에 收錄된 三十篇의 詩도 역시 마찬가지다. 이 詩集이 詩를 읽는 즐거움을 가져다주고 있는 가장 큰 理由는, 그가 '人間과 끊을래야 끊을 수 없는 모든 것과의 關係'를 언제나 言語의 필터(Filer)를 통해서 파악하는, 그 엄밀한 詩的인 태도를 堅持하고 있다는 點에 있을 것이다.

言語의 필터를 통해서 모든 外的인 世界와 신비롭고도 親和力이 감도는 연결을 맺고 있는 詩人, 그가 바로 韓性祺인 것이다.

日常 現實 속에 일어나는 여러 가지 感情의 起伏이나 마음이 움직임은, 지나가 버리고 나면 우리들 意識의 表面에서 사라져버리고 만다. 우리들은 그것을 永遠히 忘却한 것처럼 생각하기가 일쑤지만, 그러나 살아있는 人間의 生의 感覺은 그것들을 記憶이란 깊은 밑바닥에 쌓아두고 있다. 韓性祺의 詩를 읽고 感動하는 것은 그런 記憶의 밑바닥에

파묻혀 있는 生의 感覺을 우리들 마음 속에 되살아나게 해주기 때문
이다.

아무 詩나 하나 집어서 읽어보자.

새벽은 말이 없다.

미루나무가 걸어오고 있다.
미루나무 옆에 가서 섰다.

江은 불을 켜댄 한 자루
초끝
불을 머금은 瞬間

느닷없이
새벽을 찢고
방울을 흔드는 물새

그 물새의 울음소리 때문에
서서히 밝아오는
빛

外燈이
하나
당황하며 어쩔 줄을 모른다.

— 「둑길Ⅱ」

이러한 生의 一瞬을 느끼고 記憶한다는 것이 人間에게 있어 얼마나
귀중하고 필요한가하는 것을 이 詩人은 그 누구보다도 잘 알고 있는
것이다. 그는 아무리 絶望的인 처지에 놓인다해도 살아있다는 것을 사

랑하고, 보다 人間的인 삶을 끊임없이 찾아 헤매고 있는 듯이 보인다.

珠玉같은 이 30篇의 詩作品을 읽고, 그 신선한 認識의 視野 속에서 人間이나 事物이 뜻하지 않은 表情으로, 혹은 어떤 관계로 나타나고 있는 것을 바라본다는 것은 참으로 즐거운 일이 아닐 수 없다.

그리고 또 이번 詩集名을 『失鄕』이라고 붙인 데 대해 나는 注目하고 싶다. 몇 해 전에 『落鄕以後』란 詩集을 내고 이번에 내는 것이 『失鄕』인 것이다. 이 『失鄕』이라는 詩集名이 暗示하고 있는 것은 무엇일까.

美의 秩序, 感性의 秩序를 構築해가고 있는 그의 詩人으로서의 鬪爭 밑바닥에는 언제나 故鄕을 잃어 가는 보헤미안的 現代人의 슬픔이 깔려있다는 것을 우리는 잘 알고 있는 것이다.

金 潤 成

九岩里

(1975)

自序

「失鄉」上梓后 3년만에 내는 詩集이다. 詩를 쓰는 일이 새삼 고되다. 기질이 달리고 밑천이 달리고 이제 나는 그만 詩를 썼으면 싶다.

　내 詩의 限界가 밑바닥서부터 드러나는 것 같다. 原稿를 整理해 놓고 떠들어 보고는 모두 마음에 들지 않았다. 고작 이 모양인가. 詩는 먼저 기질부터 잘 타고나야겠다는 생각을 많이 해 봤다. 『九岩里』 — 지금 내가 사는 마을의 이름이다. 썩 마음에 드는 이름이 없다. 『새와 둑길』 『特配받은 햇살』 등을 놓고 애먹었다. 詩集 이름을 다는 일이 어렵다는 것을 다시 체험했다. 『山에서』 『落鄉以后』 『失鄉』 『九岩里』 — 詩集에 있어서 題名은 무엇인가.

　시골에 내려와 20년. 줄곧 길을 걸었다. 길을 걷는 일이 그렇게 즐겁다. 집에 돌아와 세수를 하고 책상머리에 앉으면 몇 줄씩 풀리는 글. 내가 길을 걷는 것은 그 재미 때문일까. 햇살의 범벅, 바람의 범벅, 시골은 내 詩의 故鄉이다.

　連作「山」을 썼다. 하루에도 몇 번씩 둘러보는 山. 눈물이 돈다. 투병과정에서 머리를 스치고 지나가던 이미지들이 되살아나고 있다. 햇살을 보내고 바람을 보내고 애타던 모습 내게 있어서 山은 그 以上이다. 내 詩의 山은 이제부터라고 생각한다.

　詩는 무엇인가. 오래 생각하고 오래 애먹다가도 쓸 때 가서는 쉽게 쓰자는 것이 내 詩作態度다. 자르고 보고 붙여 보고 이 피를 말리는 作業을 내가 어떻게 더 해 낼지… 詩는 크고 詩는 작고

　金潤成형이 跋文을 써 주었다. 宋永俊 교수 <大師2回>는 이 詩集 出刊을 도맡아 줬다. 내가 돈이 없어서 쩔쩔매고 있다는 소문을 듣고 달려왔다. 나는 무어라고 할 말이 없다.

I

새치

버스에 앉았다
빈 座席에
햇살이 들어와 같이 흔들리고
하나 둘 사람은 더 내리고
햇살이 들어와 같이 흔들리고
하나 둘 사람은 더 내리고
허물고 싶지 않은
空間
눈을 감았다가 뜬다
앞 座席에 앉은 靑年의 뒷통수에
새치 몇 가닥이
유난히 희다

새와 둑길

눈이 녹고 귀가 녹고 코가 녹고
이걸 떨치고 돌아가기에는
아직 이르지
집을 나선지는 오래지
먼 재를 넘어서
10년을 내리
들길만을 걸었지
햇살의 범벅
바람의 범벅
눈이 녹고 귀가 녹고 코가 녹고
이제 그만했으면
돌아설 때도 되지 않았느냐고?
아니지
들길은 더 끌어쌓고
山은 더 아득하고
새와
둑길
이걸 떨치고 돌아가기에는
아직 이르지

한통속

개구리가 울 때면
배 밭으로 들어갔다
그때를 맞춰서
피는 배꽃
그때를 맞춰서
우는 개구리
배밭에 들어가 듣는 개구리 소리는
배꽃만치나 푸르다
배꽃이 개구리 소리고
개구리 소리가 배꽃이고
꽃과 소리가 하나가 되어
흩어졌다
그건 개구리들이 들끓는
논두렁에서도 한가지
그때를 맞춰서
피는 배꽃
그때를 맞춰서
우는 개구리

遮斷

버스가 막
건널목에 到着했을 때
차단기는 앞을 막았다
길은 막히고
그새 이쪽 저쪽으로
쭉 몰리는 車輛들
그때 내가 버스 앞 유리로 내다본 것은
맞은 편에 줄선 버스만은 아니다
길을 가다 말고
문득 문득 내 앞에 걸리는
文明의 차단
시골은 보이지 않고
부옇게 먼지를 날리며
지나가는 車들
먼지에 가려서 보이지 않는
당신의 얼굴
버스가 지나간 훨씬 뒤에도
끝내 오르지 않는
차단기

다리를 사이에 하고

그 위에서는
서로 앞지르기다
두 눈에 불을 쓰고
쉴새없이 내빼는 車바퀴들
어물어물했다가는 치이는 판이다
어물어물했다가는 처지는 판이다
두 눈에 불을 쓰고
앞지르는 자는 살고
처지는 자는 쳐지고
다리를 사이에 하고
그 밑으로는
江물
두 눈을 내려 뜨고
비웃 듯 비웃 듯
예나 지금이나
서두르지 않는
그
흐름

新綠

나뭇가지마다
누가 문질러댔을까
초록의 보얀 빛깔
누가 制止하는 사람이 없는데도
선뜻 들어서지 못하는
학교 入口
플라타너스의 堵列
해마다 내가 작아 보이는
시골 10년
해마다 내가 허름해 보이는
시골 10년
나뭇가지마다
누가 문질러댔을까
해마다 더 야들야들하고
해마다 더 새룩새룩한
초록의 연한 빛깔
누가 制止하는 사람이 없는데도
선뜻 들어서지 못하는
그 길
한참을 주춤거리다가
다른 길로 돌아서 갔다

어둠을 보려고

밤에 자주
둑길을 걸었다
어둠을 보려고
어둠 속 너를 보려고
波濤같이 쌓이는 어둠
낮에는 눈을 감고 걸었다
밤에는 눈을 뜨고 걸었다
어둠을 보려고
어둠 속에 서서
보는 불빛은
불빛
네가 있구나
낮에는 없던 너
둑길에서 돌아와
싸롱에 앉았을 때
불이 나갔다
캄캄한 홀 구석구석에서
빼꼼한 담배불
그
불빛

낮잠

사나이는 잠이 들고
머리맡에서 라디오는 계속 떠들고 있다
라디오를 듣다가
잠든 모양이다
무심코 가서 라디오를 껐는데
사나이가
크게 눈을 떴다
스위치를 돌려 놨더니
도루 코를 골고
佛蘭西 人形같다
소리가 나면 잠을 자고
소리가 없으면 눈을 뜨고
사나이는 도루 코를 골고 있는데
라디오는 계속 떠들고 있다

Ⅱ

山·1

江가에서 돌을 뒤진 뒤부터
山을 찾아 나서는 일이 즐거웠다
山이 모두 돌이다
들길을 가며
돌을 뒤지듯
山을 뒤지는 재미
江가에서 돌을 뒤지다가
내가 찾은 건 山이다
손에 주워 든 돌이 없을수록
더 많이 띄는
山
돌을 뒤지며
江가를 헤매일 일이다
돌은 우연히도
더 많이
山에 있었다

山 · 2

山을 오르다가
내가 깨달은 것은
山이 말이 없다는 사실이다
말 많은 世上에
부처님도 말이 없고
절간을 드나드는
사람도 말이 적고

山을 내려오다가
내가 깨달은 것은
이들이 모두 말을 하고 있다는 사실이다
말이 없는 世上에
사람보다는
부처님이 더 말을 하고
부처님보다는
山이 더 많은 말을 하고 있었다

山・3

왜 그런지
해마다 와 보는 바다
해마다 와 보는 바다가
해마다 작아 보인다
왜 그런지
부서지는 波濤의 키도 작아지고

왜 그런지
해마다 와 보는 바다
해마다 와 보는 바다가
해마다 흐려 보인다
왜 그런지
부서지는 波濤의 키도 흐려지고

山·4

누가 있구나
누가 있구나
코에 스며드는 담배내
아무리 둘러봐도 보이지 않고
너를 意識하는 순간
눈앞이 훤했다
하늘이 더 훤하고
山이 더 훤하고
바람이 더 싱그럽다
近處 山모롱이에서
누가 나뭇짐을 내려놓고
한 모금 태우는 담배연기가
이날 山에 가득히 사람을 메운다
이날 山에 가득히 山을 메운다
이날 山에 가득히 하늘을 메운다
文明은 뛰어들고
山은 밀려나가고
山을 따라 나도 밀려나가고
그리운 사람아

山·5

햇살이 부시다
며칠을 두고
눈발이 휘몰아치던 영마루에
새를 날려 놨다
아침이면
하늘가에서 가둥거리던 새
아침이면
하늘을 휩쓸고 가던 새
몇 해 아침을
머리 위로 날아가던
그 새다
꼬리는 슬쩍 기슭으로 내리고
부리는 먼 하늘로 돌리고
눈을 받쳐든
솔밭의 깃 무늬
나는 하마터면
소리를 지를 뻔했다
영마루에 들어와 여러 해
여기에 갇혀 있은 건
그 새가 보고 오라는 거였구나

山·6

밤에 넘는
飛來庵 뒷산은 이상하다
아내에게 보이는 길이
내게는 보이지 않는다
山마루에 올라가도
캄캄한 캄캄한
暗室
<내게는 그런 한 時節이 있었다>
20년이 훨씬 지난 뒤
다시 그녀와 같이
넘는 길
내게는 보이는 길이
그녀에게는 보이지 않고
내가 앞서 오르다가
뒤돌아보는 市街의 遠景
山마루에 올라가
앵글을 잡은 첩첩 산
갓 빼낸 사진 한 장
맨 뒷줄에
키다 홀쭉 큰 사나이
아
나구나

山・7

바람아
내내 선들거리고
바람아
내내 대청의 발을 성가시게 하고
바람아
바람아
성화에 못 이겨 내다보는
발 사이로 어른대는 얼굴
<나 모르느냐>
<나 모르느냐>
理由 있는 성화
발 사이로 어른대는 얼굴
바람아
바람아
山에서 내내
내 머리를 쓸어 주고는 가고
쓸어 주고는 가고
밤을 새워 같이
울어 주던
바람아

山 · 8

그림이 없다
그림이 없다
심심하면 빈 벽을 쳐다봤다
줄곧 山에서 살았다
줄곧 山을 찾아 나섰다
山에서 5년
山에서 10년
山에 바짝 몸을 대고 살았다
그 수밖에 없었던
지나온 세월
실상은 아무 것도 보지 못하고 있었다
너무 가까워서 보이지 않는 것은
얼굴만이 아니다
山에서 내려와
눈을 감자 보이는 山
눈을 뜨면 보이지 않는 山
심심하면 빈 벽을 쳐다봤다
심심하면 눈을 감았다

山 · 9

불을 끄고
둘이 나란히 누웠습니다
병원에서도
약방에서도
손을 못 쓰던 내 병을
네가 돌리던 瞬間을
누워서 생각했습니다
햇살을 보내고
바람을 보내고
애타던 모습
貯金通帳을 탁탁 털고
집까지 팔아서 줘도
손을 못 쓰던
사람의 지혜
불을 끄고
둘이 나란히 누웠습니다
옆에서 들리는 너의 목소리
옆에서 들리는 너의 숨소리
밤새 잠을 이루지 못했습니다

Ⅲ

빗자국

거리의 모퉁이에
다소곳이 서 있는 말
바람이 지나갔다
갈기머리의 빗자국
앞머리의 빗자국
누가 빗어 주었겠느냐
또그닥 또그닥
네 굽을 놓을 때의 어지러움
바람이 지나갔다
바람이 지나간 자국
등 어리며
배며
볼기짝이며
누가 쓸었겠느냐
말은 다소곳이 서 있다
그
바람소리가 들리는 듯

戱畵

누가 그랬겠느냐
토방에 내려놓은
花盆 꽃나무를 작살을 내고는
그 옆에서 잠들고 있는 바둑이
세 마리 강아지 중에서
누가 그랬겠느냐
꽃나무에 물을 주다 말고
밖에 나간 새에
무척 심심했던가 보다
누가 심심해서 붓질한
戱畵
한 장
활짝 개인 멀쩡한 하늘에서
으하하하
으하하하

내 가을

바람이 불어서
一時에 지는
나뭇잎
바람 한 점 없는 날
무슨 오랜
생각 끝에 지는
나뭇잎
그것은 우리들 머리 속에서
오래 남는다
바람이 불어서
一時에 지는
나뭇잎
바람 한 점 없는 날
온 가지의 이파리를
理由도 없이
쭉쭉 찢어버리는
후박나무
一種의 決意와 같이
서 있는
그…

某日

버스에는 사람들이 실려서 가고
自轉車 짐받이에는
닭들이 실려서
씽씽 달려서 가고
조금 있다가
트럭 뒤에 실려서 가는 소들
모두 실려서 가기는
마찬가지다
너무하다
너무하다
버스 속에
짐짝같이 들어선 사람들이
自轉車 짐받이
그물 속에 아무렇게나 쳐 박아 넣은
닭같이 보이는 건
너무하다
걸으면서
연해 그걸 지우려는데
연해 하나로 돌아오는 이미지
지워도 되살아나는
이미지

江

山을 넘는데
그 곳에 앞질러 와 있는 江
바로 얼마 전에
作別했던
물빛
자주 江으로 내려갔지
江가에 앉아서
바라보는
물빛은
눈빛
젊어서 누구나
江물은 江물에 지나지 않지
길을 가다가
느닷없이 마주치는
그녀 눈빛에 비하면
어림도 없던
물빛
내가 다가서면
슬쩍 흘기던 눈빛

내 겨울

밖에서 갑자기
불 지피는 소리가 났다
싸리가지가 타는 소리가 났다
싸락눈이 퍼붓는 소리
마른 입술을 깨물고
목이 타는 소리
여울도 자고
바람소리마저
휭하고 떠나버리고 난 뒤
돌아오지 않던
그녀 목소리
듣고 싶었다
10년에 한번쯤
들려줄까 말까하는
그 목소리
방안에도 가득히
얼마 있다가 잠잠한
불 지피는 소리
주먹만한 함박눈이
내 겨울을 풀고 있었다

아서라

百貨店 복도에
나무盆이 서 있다
百貨店 內部가 훤하다
가까이 가서 보면
플라스틱이다
아서라

꽃집에 들려서
꽃을 고르다가
갑자기 떨어지는 어둠
눈앞이 훤했다가
눈앞이 어둡다
아서라

집에 돌아와
세수를 하고
마루에 나 앉았을 때
한 잎 두 잎
살구꽃잎이 지고 있다
아서라
아서라

눈

제리의 눈이
무슨 말을 하고 있어요
뜰에서 빤히 나를 쳐다보는
3年내내 꼬리나 저을까
말 한마디 없는
제리의 눈이 3年내내
말이 없는
그 사나이의 눈을 닮았어요
그 눈이
나를 뚫어지게 쳐다보고 있어요
그 눈을 피했어요

IV

새

구름 사이로
뿌려진 햇살
30里 밖
나들이
누가 아랴
새들이 이 江을 向해
지금 내리고 있음을
새는 내려오면서
하늘이 내리고
새는 내려오면서
새는 내리고
30里 밖
나들이
누가 아랴
새들이 내릴 때
바람같이 도는 어지러운 춤을
하늘을 접듯
저마다 접는 그 날개

某日

가로수 사이로
버스는 새벽같이 달려갔다
빈 버스
어제 저녁
그 버스구나
새벽이 달려가고

어느새
군데군데에 앉은 사람
빈 座席에는
햇살이 들어와 흔들리고
얼룩말같이
서로 엇갈리는 버스
한나절이 달려가고

그리고
얼마나 빠른 발들이
그렇게 내달았는지 모른다
滿員버스
가로수 사이로
저녁 어스름이 달려가고

地球

버스는 섰다
밖에서 봐도 滿員이다
비집고 들어갈 자리도 없이
들어선 사람들
그런데도 내리는 사람보다
오르는 사람들이 더 많다
그만 탔으면…
지금 地球가 이 꼴이 아닐까
다실에 들러
水族館 물위에
둥둥 떠 있는 종재기
宇宙空間에 떠 있는 地球같이
종재기 안에는
실지렁이들이
地球의 인종만큼이나
바글거리고 있다

나를 보채 쌓고

대청에
햇살이 들었다
햇살이 보채 쌓고
향나무 울에는
자주 바람이 넘실거리고
바람이 보채 쌓고
이거면 그만이다
집은 내 집이 아니지만
햇살과 바람은 언제나 내 몫이다
내 몫
내 몫
공짜만도 아닌
내 몫
집 한 채
詩 한 수 마련이 없으나
내가 特配받은
햇살과 바람
나를 보채 쌓고

3月

누가 어르고 있다
누가 나를 어르고 있다
어려서는 몰랐으나
이제는 알 것 같은
그 시늉

하늘이 어르고 있다
하늘이 나를 어르고 있다
어려서는 몰랐으나
이제는 알 것 같은
그 시늉

地上을 向해
당신이 내리꽂는 햇살
빨래터로
果木 사이로
담 벽으로

집으로 들어서는데
뜨락 가득히 꽂힌 햇살

제대로 꽂힌 화살이다
제대로 꽂은 과녁이다
밑에서 활짝 받쳐주어
내리꽂힌 햇살

겨울 창 밖

버스 창가에 앉아
내다보는 겨울 창 밖
지우고 지우는
버스의 速度
누가 그림을 그리려나
캔버스를 싹 지우고
생각에 잠긴 그
나도 詩를 쓰고 싶다
머리 속을 싹 지우고
새봄이 오기 전에
100號짜리 캔버스를 내놓고
생각에 잠긴 그
캔버스를 싹 지우고
그림에 着手한 그

말

길을 가다가
달구지를 내려놓고
물끄럼히 서 있는 말
눈이 커서 서럽다
앞머리를 빗어서 서럽다
볼기짝이 탐스러워서 서럽다

馬夫는
어깨에 멍에를 얹는데
내게는 말이
말이 아니다
女人하나
말과 같이 서 있다
눈이 커서 서럽다
아랫도리가 늘씬해서 서럽다
머리채가 탐스러워서 서럽다

跋

金 潤 成

韓成祺는 내가 좋아하는 詩人의 한 사람이다. 이번에 새로 내놓는 그의 네 번째 詩集『九岩里』를 읽고 나는 詩의 알맹이 같은 것을 거기서 보는 것 같았다.

흔히 題材의 特異性, 表現의 偏奇性, 끈질긴 描寫 같은 것을 가지고 마치 個性的인 魅力인양 내세우는 사람들이 있지만, 韓性祺는 이런 사람들과는 너무나 距離가 멀다. 그는 너무나 正直하고 素朴하고 單純하다. 자기의 삶을 中心으로 거기서 우러나는 全身的인 感動을 率直하게 되도록 간결한 言語로 表現하고 있다.

오늘의 時代的 風潮는 詩作을 매우 困難하게 해 주고 있는 게 事實이다. 매스컴의 威力은 詩人마저 侵犯하고, 末梢感覺만이 橫行하고 있는 實情이다.

慣習的인 言語의 壁을 打破한다는 現代詩의 努力이, 너절한 現代感覺과 抽象化된 輕薄한 精神의 氾濫으로 도리어 言語의 新鮮性을 잃게 하고 있다.

이러한 가운데서 韓性祺는 30년이란 歲月을 줄곧 農村에서 살아오며 한결같이 詩만 생각하는 生活을 해오고 있다. 儒城의 긴긴 둑길을 거닐면서, 혹은 호젓한 산길을 거닐면서, 혹은 털털거리는 시골 버스를 타고 가면서 그가 찾는 것은 소위 새로운 抒情이라든가 새로운 詩 따위가 아니다. 그는 스스로 滿足할 수 있는 「삶의 成熟」을 誠實하게 追求할 뿐이다.

儒城과 韓性祺―. 그곳 自然을 떼어놓고서 따로 韓性祺를 생각할 수 없다. 나는 가끔 서울 都市生活에 지치게 되면 으례히 儒城의 韓性祺를 찾는다. 그와 함께 있으면 그렇게도 편할 수가 없다. 사람이 사람을 만난다는 게 여간 負擔스러운 게 아닌데도 韓性祺만은 列外이다.

그는 하루에도 몇 십리를 걷는다.

> 눈이 녹고 귀가 녹고 코가 녹고
> 이걸 떨치고 돌아가기에는
> 아직 이르지
> 집을 나선 지는 오래지
> 먼 재를 넘어서
> 10년을 내리
> 들길만을 걸었지
> 햇살의 범벅
> 바람의 범벅
> 눈이 녹고 귀가 녹고 코가 녹고
> 이제 그만했으면
> 돌아설 때도 되지 않았느냐고?
> 아니지
> 들길은 더 끌어쌓고
> 山은 더 아득하고
> 새와
> 둑길
> 이걸 떨치고 돌아가기에는
> 아직 이르지

獨白으로 된 이 詩에서 우리는 韓性祺의 끝없는 삶의 愛着을 엿볼 수 있다. 그의 核心을 이루는 自然과의 交感은 사랑의 눈으로 맑게 닦아져 있어서 어느 詩를 읽어보나 作者의 훈훈한 体臭가 물씬거린다.

섬

바다에서
흔드는 손
모래사장에는
돌이도…
우두머니
행투리가 나쁘다고
主人이 섬으로
내몰았지
허허
바다에서
흔드는 손
멀어져 가는 배
멀어져 가는 바다
햇살이 내린
섬

港口

재를 오르며
뒤돌아보는
港口
洋屋
페인트 칠
달걀 빛깔의
따스해 보이는 建物
배 하나
갯벌에 주저앉아
하품을 하고
갈매기 뜨는 港口의
透明한 살결
먼바다
짙은 코발트
나를 홀리는
물빛

늦바람 (I)

섬에 내려가
밀린 잠을 자다
파도소리를 들으며
날아갈 듯
무너지는 나
잠결에 가위눌리는
어둠에 눈을 뜨다
무슨 억하심정으로
내 옆에서
너는 무너지고
무너지고
모래城이
무너지듯
섬에 내려가
뒤늦게 네 옆에서
쉬려니 한
순정마저
무너지고

늦바람 (Ⅱ)

아내 몰래
바다를 다녀왔지
아내 몰래
내 짝사랑은
山에 들어가
잘 길이 들어
이제 바다를 단오는 일마저
아내의 눈치를 살펴야 했지
내가 집을 나간 뒤
아내의 꿈자리는
어수선하기만 하드라니
바람피우고
돌아온 사내 마냥
아내 몰래
바다를 다녀왔지

늦바람

(1979)

I

하루해

목로에 앉아
멀어져 가는 배
멀어져 가는 바다
수로에 나가
낚시나 할 것을

목로에 앉아
멀어져 가는 배
멀어져 가는 바다
한 줄도 떼지 못하고
하루해는 저물어가고
물에 어린
港口의
불빛

乾魚

담장을
오르내리며
몸이 다는 고양이
두 눈에 불을 쓰고
야옹야옹
빨랫줄에
놀래미
두 마리
부두에 나가
그새 바람이 이나보다
배며 갈매기며
갯벌에 날리는 깃발
바다로 쏠리는 눈들
몸살을 앓는
고양이
눈빛

바다는 他鄉

바다는 춥다
바다는 他鄉
멀미를 하며
돌아오는 밤배 위에서
홑 것을 입은 아이
나는 떨었다

바다는 춥다
바다는 他鄉
겨우내
눈은 내리지 않고
바다에서 불어대는 바람
어느 날 밤
잠에서 깨어나
이제는 지쳐서
목이 쉬어버린
네 목소리를 들었다

콩알 팥알

콩알 속에서
팥알 골라내듯
사람들 雜沓 속에서
가려내는 이곳 사람들

팥알 속에서
콩알 골라내듯
사람들 雜沓 속에서
가려내는 外地 사람들
바다가 뭉개버린 얼굴
어디가 코고
어디가 눈인지

콩알 속에서
팥알 골라내듯
사람들 雜沓 속에서
더 쉽게 가려내는
뱃사람들

솔밭에 앉아

바닷가
솔밭에 앉아
바다를 보다가
책을 보다가

돋보기 없이도
술술 읽어 내리는 책
돋보기 쓰듯
바다를 쓰고

이상하다
이렇듯 視力이 좋을 수가
글자 한 자 한 자에
焦点을 대는
햇살

태안반도
이 언저리의
서늘한 눈매
이렇듯 시력이 좋을 수가

Ⅱ

바람이 맛있어요 (I)

석천 선생
서재에 걸려있는
秋史扁額
네 글자
엉거주춤
멍청하다
집을 나서며
내내 머리에서
떠나지 않는 글씨
비래리
뒷산을 우러르다
산비탈에 눈밭
그것이지 싶다
그것이지 싶다

바람이 맛있어요 (Ⅱ)

바다에서 들고 온
돌이나 바라보다가
한나절
山이나 바라보다가
텃밭에 나앉아
새김질을 하는 소나
바라보다가
물가에 나가
저승이듯
미루나무 그림자나
바라보다가

바람이 맛있어요 (Ⅲ)

시골에
내리면서
우리는 입맛을 다셨다
서로 낄낄거리며
누가 이 맛을
알까봐
쉬쉬했다

聽診器를 내리고
의사는 고개를 갸웃했다
무슨 증센지 몰라
내뱉듯이
시골에 내려가
푹 쉬라고 했다

시골 풀 섶에
되살아나듯
반딧불
하나

바람이 맛있어요 (IV)

가로등위에
달이 떠있었다
막 버스를 기다리는 정류소
우리 누나의
소박 맞은 얼굴
시골로 내려가는 버스창가로
슬슬
따라나서는
달
山마루로
머리를 빗고
생글거리는 품이
앞서 소박데기가 아니다
새댁 나들이 나서듯
새댁 나들이 나서듯
시골로 내려가는 버스창가로
생글거리는
달

바람이 맛있어요 (V)

길가
텃밭에 나앉아
새김질을 하는 소
먼 산을 바라보며
눈이 내리지 않아
겨울은 겉돌고
스르르
스르르
길가
텃밭에 나앉아
나는 바다를 씹고 있다
먼 산을 바라보며
人事는 흐려가고
山河만은 내내
새롭구나

바람이 맛있어요 (Ⅵ)

새가 내려앉는
허수아비는 말이 아니다
너도 말이 아니다
허름한 모자
바람 새는 넝마가
말이 아니다
말이 아니다
민들레가 피고
반딧불이 나르고
새들이 허수아비보고
기겁을 할 때가
그립구나
새가 내려앉는
허수아비는 말이 아니다
나도 말이 아니다

바람이 맛있어요 (Ⅶ)

스텐 그릇의
물빛이 싫어요
고춧가루에 색소를 섞고
생선에 방부제를 바르고
맥주에 하이 타이를 풀어 넣은
그 물빛이 싫어요
바람이 맛있어요
시골로 내려가는 버스창가로
바람에 풀풀
풀내
꽃내
몸에 熱이 뜨면
훌쩍 찾아 나서지오
약 두어 첩 달이느니
창가로 내다보는
사기그릇의
물빛이 좋아요
바람이 맛있어요

바람이 맛있어요 (Ⅷ)

허리
구부리고
피사리하는
시골 村老
새살이 나듯
새살이 나듯

허리
구부리고
피사리하는
해오리
새살이 나듯
새살이 나듯

이른모
피같이 흥건한
흙내

Ⅲ

뜨내기

섬에
어부의 묘지
雜草가 우거지고
내가 쉴 자리는
거기밖에 없다
나도 뜨내기
너희도 뜨내기
옷 벗고
허울을 벗고
모두 훌훌 벗어버리고
이곳에 묻힌 이들
나는 너희가
부럽구나
누가 이들을
무연묘지라 하느냐
바다 가 돌보는
호화묘지

不在

섬에서
나온 사람
무엇을 잃었는지
멍청하구나
너의 뒤에
너를 받치던
바다 가 없다

소원
갯마을
바둑이가 퍼져 눕고
主人마님이 퍼져 눕고
갯벌에 주저앉아
하품을 하는 배
이제나
이제나

갈매기 (Ⅰ)

아이를
시집 보내고
찾아온 바닷가
아직 돌아서지 않는
그날의 하객들

배 하나
수줍은 듯
사랑하는 이의
가슴에 안기듯
너 하나만을 기다려
너 하나만을 기다려
가슴을 여는
港口

달무리 쓰듯
배꽃이 흩날리듯
돌아가는
갈매기

갈매기 (Ⅱ)

갈매기가 쉬는 날은
배도 쉬고
바다도 쉬고
사람들도 쉬고

배는 아주
갯벌에 주저앉아
하품을 하고
갈매기가 뜨는 날은
배도 돌아가고
바다도 돌아가고
사람들도 돌아가고

술상머리
신이 나는
젓가락
장단

뒤돌아보며

뒤돌아보며
뒤돌아보며
성에 올라가
바라보는 바다는
오늘의 것이 아니다
포개 얹은 돌들
쓰다듬으며
쓰다듬으며
長項線
下行列車
창가에서 내다본
아 슬한 바다
첫사랑
내게도
첫사랑은 있었다
포개 얹은 돌들
쓰다듬으며
쓰다듬으며

찌

이쯤
돌아와
낚시의 찌를 바라보듯
스탠드 불빛
밤낚시
저수지를
돌아가며
赫赫한
불빛
낚시 후리는 소리
이쯤
돌아와
낚시의 찌를 바라보듯
한해 겨울
바다낚시

休日

섬
分校 운동장
아이들 새새에
바다는 부서지고
희희낙낙
희희낙낙
아이들 새새에
파도는 부서지고
아이들이 떠드는
소리는 부서지고
땡 땡 땡
땡 땡 땡
섬
分校 운동장
텅 빈 마당에
바다는 혼자서
파도소리는 혼자서

귀

바닷가에 버려진
소라껍질
바다의 귀
귓전에 포개면
밀리는 파도소리
귀머거리
귀머거리
바다에 와서도
잃어버린 목소리
기계의 소음에 가려서
들리지 않는
너의 목소리
보청기 마냥
귓전에 포개면
밀리는 파도소리
바다의 귀

해오리 돌아가듯

돌아가야지
돌아가야지
창가로
그물에 걸리듯
따라나서는 섬들
신진도 마도
가의도 궁시도
그 중에
얼굴을 가리며
따라나서는 섬 하나
저수지에 내려와
쉬던 해오리
슬슬 날아서
돌아가듯

IV

汐水

잠결에서도
이상한 예감이다
달이 기울고
바다는 무너지고
파도소리는 무너지고
6매 썰물
초상집

오래된 일이다
잠결에서도
이상한 예감이다
너를 흔들어봤다
두 번 세 번
기척이 없었지
6매 썰물

그림자

아이는
자다말고
머리맡에 내리는
그림자
아이의 잠은
갯벌에 내린 달빛
아이는
자다말고
자주 소스라치고
아이의 머리맡을 스친
그림자를 어머니는 모르신 채
저승에 날아가
낮잠을 주무시고
갯벌에 내리는
그림자

잊어버려요

잊어버려요
술집 목로
박쥐우산

잊어버려요
陸地에 두고 온
울며 짜며 하던 것

홀홀 털고
바다에 내리며
이 시야 앞에서는
누구나 홀려버려요
누구나 壓倒해버려요

잊어버려요
잊어버려요
부두를 떠나는 배
후미를 가르는
물살

바다 노을

섬을 뜨려고
집을 챙기는데
모두 말려요
그새 정이 들어버린
이웃들
바다가 말리고
파도소리가 말리고
며칠 더 묵고
가라고
배를 向해
흔드는 손
멀어져 가는 배
멀어져 가는 바다
멀어져 가는
노을

아서라

바다에 와서
낚시는 않고
바다에 취해 있다
바다에 와서
하루도 잊지 않은 것은
山이다
내가 한 여인을
이토록 사모했던들
아서라
아서라
어쩔 수 없잖아
내게 주어진 分福
이 짓 밖에는

장다리꽃

5月의
질탕한 물빛
너는 치근거리고
보리밭 사이
장다리꽃

5月의
짙탕한 물빛
너는 치근거리고
바다를 내려다보며
어지럽다는 女人

제 몸 하나
가누지 못하는
복어새끼며
바다물빛

靑果市場

수박이나
두어 덩이 사려고
靑果市場에 들어서다가
그곳에 와있는 바다
햇과일이 시새는
싱싱한 빛깔
수박무더기 옆에서
나는 자주 일렁이는
물빛을 본다
내일이면 돌아가야지
西海岸
가의도 앞 바다
물빛

섬

바람에 슬리는 풀잎
바람에 슬리는 나무
바람에 슬리는 새
바람에 슬리는 아이
바람에 슬리는 배
바람에 슬리는 깃발
바람에 슬리는 섬

책뒤에

「九岩里」 이후 4년만의 詩集이다.

바다에서 돌아와 한해 겨울 낚은 것들이다. 낚시의 찌를 바라보듯. 그러고 보면 정작 낚시는 山에 돌아와 한 셈이다.

바다에서 두 해를 보냈다. 西海 安興앞바다. 배보다 갈매기가 더 많았다. 신진도 마도 가의도 궁시도 그 중에 이름도 얼굴도 없는 섬이여 부끄럽다.

불쏘시개 밖에 되지 않는 원고를 出版社에 넘기고 돌아서는 눈앞이 아찔하다.

"멀어져 가는 배/멀어져 가는 바다/한 줄도 떼지 못하고/하루해는 저물어가고"

틈을 내서 다시 바다에 가고 싶다.

한성기 연보

1923. 4. 3.(음2.29) 함경남도 정평군 광덕면 장동리 82번지에서 부 韓
鐸英과 모 李萬吉 사이에서 4남 5녀 중 3남으로 출생(이복 형
2명, 누님 2명 포함)

1930. 정평소학교 입학(휴학)

1931. 정평소학교 재입학

1937. 정평소학교 졸업

1937. 함흥사범학교 입학

1942. 함흥사범학교 졸업

1942. 충청남도 당진군 합덕면 신리 신촌공립초등학교 교사로 부임

1944. 중등학교 교원 자격(서예)시험 합격(일본 문부성 시행)

1945. 당진군 합덕중학교 교사로 부임

1946. 鄭씨와 결혼

1947. 딸 正姬 출생
대전사범학교 교사로 부임(국어, 서예 담당)

1950. 10. 부인 鄭씨 사망

1952. ≪문예≫지 5 · 6합병호에 시 「역」이 모윤숙으로부터 초회 추천
됨

1952. 진주 姜씨 泰智와 재혼

1953. 6. 25. 아들 用九 출생

1953. ≪문예≫지 (9월호)에 시 「病後」가 모윤숙으로부터 2회 추천됨

1955. ≪현대문학≫지 (4월호)에 시 「아이들」, 「꽃병」 등이 박두진으
로부터 3회 천료됨

1959. 신경쇠약으로 경상북도 금릉군 어모면 소재 용문산 기도원에
들어가 투병생활(학교 휴직)

1961. 대전사범학교 사임

1963. 투병생활을 끝내고 하산. 첫 시집 『山에서』(배영사) 간행, 충청
북도 영동군 황금면 추풍령리에서 '추풍령 문구점' 운영

1964. 충청북도 영동군 영동읍 금동 502번지로 이사하여 고추가게 운
영(8월). 충청남도 예산군으로 이사하고 <중도일보> 예산지국
운영(11월)

1965. 제9회 충청남도 문화상(문학부문) 수상

1968. 충청남도 연기군 조치원으로 이사

1969. 충청남도 대덕군 유성읍 온천동으로 이사하고 '로타리 제과점'
운영

제2시집 『落鄕以後』(활문사) 간행

1971. ≪시문학≫지 추천심사위원(1974년까지)

1972. 제3시집 『失鄕』(현대문학사) 간행

1974. ≪현대문학≫지 추천심사위원(작고시까지)

≪현대시학≫지 추천심사위원(작고시까지)

1975. 제4시집 『九岩里』(고려출판사) 간행

제12회 <한국문학상> 수상

1977. 충청남도 서산군(현 태안군) 근흥면 정죽리로 이사

1978. 충청남도 논산군 두마면 신도안(현 계룡시)으로 이사

1979. 제5시집 『늦바람』(활문사) 간행

대전광역시 유성구 원내동(진잠) 168-1로 이사

1982. 시선집 『落鄕以後』(현대문학사) 간행. 제1회 <조연현문학상> 수상

1984. 4. 9. 뇌일혈로 쓰러짐

1984. 4. 17. 사망(대전광역시 동구 직동리에 묻힘)

1987. 대전시민회관 광장에 시비가 세워짐

논문편

한성기의 초월적 내재

문 덕 수

1.

한성기(韓性祺, 1923~1984)는 8·15 해방 이전에 월남하여 충남과 대전에서 살다가 19년 전 61세로 세상을 떠났다. 살아 계신다면 올해로 팔순이 된다. 61세도 적은 연세가 아니지만, '한성기' 하면 요절한 것 같은 느낌이 드는 것은 그만큼 그를 아끼고 그의 시를 좋아하기 때문일까.

지금 수중에는 한성기에 대한 자료가 많지 않고, 또 시인론 같은 무거운 논리는 내 건강이 감당하기 어렵다. 몇 편의 작품을 통해서 그의 구조라고나 할까, 사상적 뼈대라고나 할까, 그런 것을 엿보는 정도로 만족해야 할 것 같다.

한성기의 시는 한 마디로 요약하면 존재의 무(無)나 부재(不在)의 추구를 통하여 '영원'을 탐구한 것으로 볼 수 있다. 그의 시의 기본구조는 '부재/존재, 무/유, 사라짐/나타남'과 같은 2항대립이 아닌 2자병존의 패턴으로 구성되어 있고, 그러한 두 세계 너머에 있는 불가시의 초월적인 통합 세계(영원, 무한, 존재자)를 추구한 것이 아닌가 생각된다.

푸른 불 시그널이 꿈처럼 어리는
거기 조그마한 역이 있다.

빈 대합실에는
의지할 의자 하나 없고

이따금 급행열차가
어지럽게 경적을 울리며
지나간다

눈이 오고
비가 오고…

아득한 선로 위에
없는 듯 있는 듯
거기 조그마한 역처럼 내가 있다.

—「역」 전문

이 시는, 쓸쓸하고 조그마한 시골역에 빗대어, 일찍이 월남하여 외톨이로 의지가지 없는 자기 자신의 존재를 읊은 것으로 보인다. 거기에 조그마한 역이 있기는 있지만, 없는 듯 있는 듯 즉 있으나 마나 한, 있다고 해도 별로 의미가 없는 그러한 존재의 역이다.

조금 자세히 살펴보자. 그 역(존재)에는 푸른불의 시그널이 언제 꺼져버릴지도 모를(언제 소멸해 버릴지도 모를) 꿈처럼 어려 있고, 사람도 없는 텅 빈 대합실에는 의지하여 기다릴 수 있는, 즉 삶을 영위할 수 있고 그 존재를 지탱할 수 있는 최소한도의 조건('의자')도 없다. 급행열차가 지나가기도 하지만 아예 역의 존재를 무시하는 경적만 어지럽게 울리고 지나가 버린다. 이 역은 이와 같이 언제나 소멸의 위기, 생존 조건의 결여, 그리고 모멸과 소외의 시간 속에 존재한다. 존재하기는 하나 어떤 의미나 가치도 없는 그런 존재이다.

이 시의 구조상 두드러져 보이는 곳은 "거기 조그마한 역처럼 내가 있다"는 대목이다. 여기서 '직유'라는 수사적 장치를 발견할 수 있다. '역'은 제1연~제3연까지의 전부, 즉 삶의 위기 또는 불안(제1연), 존재 조건의 결여(제2연), 존재의 소외(제3연) 등의 상황을 뭉뚱그려 상징하고 있다. 그런데, 여기서 우리가 유의해야 할 부분은, '역'이라는 존재 상황이 '나'라는 존재의 '유의'(喩義)만을 위한 기능만 떠맡고 있는 것이 아니라, '역' 그 자체의 존재상황도 병립할 수 있도록 기능하고 있다는 점이다. 직유의 유의가 제1연~제3연에까지 확대 부연되어 있다는 점은, 유의 자체를 초월할 수 있는 가능성도 말해 준다.

2.

앞에서, 한성기의 기본구조는 '존재/부재, 유/무' 등 2자병존의 세계로 구성되어 있다고 말했다. 「꽃병」이라는 시는 이러한 구조적 특성을 더욱 잘 보여 준다.

누굴까

너의 가느다란 허리에
이처럼 손을 얹고 섰는 여인

언제부터 기다리는가
항시 남 몰래 기쁨 같은 걸
스스로 잉태하고 있는

꽃병

누가 꽂은 것 아닌
아아
그날 스스로의 어쩔 수 없는 소망으로
피어올린
연두같은
꽃

시인은 "누굴까"라는 물음을 통해서 '꽃병' 자체보다 그 꽃병을 초
월하여 내재하고 있는 존재를 추구하고 있다. 눈 앞의 꽃병이 천사(天
使) 같은 여인의 나신(裸身)을 연상하게 한다. 그래서 "너의 가느다란 허
리에/이처럼 손을 얹고 섰는 여인"이라고, 보이지 않는, 그러면서 보이
는 꽃병의 형태 속에 있는 '초월적 내재'(超越的 內在)의 윤곽을 암시적
으로 그려 보이고 있다. 그래서, 이 초월적 내재의 존재는 항시 남 몰
래 어떤 최상의 기쁨을 잉태하고 있고, 어쩔 수 없는 소망으로 꽃을
피워올린 그런 존재인 것이다.

시 「꽃병」에서도 '존재/부재, 유/무'의 기본 구조를 볼 수 있다. 그런
데, 이러한 2자 병존의 세계가 서로 배제하고 부정하려고 하는 적대관
계가 아니라 동일화(同一化) 또는 일체화될 수 있는 관계임을 알게 된
다. 이러한 결과는 바로 한성기가 동양인이요, 그도 이러한 존재론을
다루면서도 음양원리의 영향을 받은 듯 어쩔 수 없이 동양적 공생(共

生)이나 조화를 추구하게 된 것으로 볼 수 있다.

> 어스름에
> 밖으로 나가본다
> 어스름에 묻히는 산들
> 육중한 모습이
> 말 없이 하나하나
> 없어지며 나도 없어져 버린다
> 어스름에 너와 나는 없고
> 어스름에 너와 나는 있다
> 새벽에
> 밖으로 나가본다
> 새벽에 드러나는 산들
> 육중한 모습이
> 말 없이 하나하나
> 드러나며 나도 드러나 버린다
> 새벽에 너와 나는 있고
> 새벽에 너와 나는 없다
>
> ― 「산」 전문

작품 「산」에서 2자병존의 세계가 어떤 관계로 구성되어 있는가를 뚜렷하게 보여준다. 이 시에서의 '너/나'의 관계는 바로 '산(자연)/인간'의 관계임을 알 수 있고, 이 두 세계의 관계는 상호배제하거나 부정해야 할 대립관계가 아니라 동일체의 양면임을 알게 된다. 그러므로 엄밀한 의미에서의 '너/나'의 관계는 '너=나', '산(자연)=인간'의 등식관계이다. 그리고 '드러남(나타남)/사라짐'도 너와 나, 자연과 인간이 공유하고 있는 현상이다. 그러니까, '너/나'나 '산(자연)/인간'의 관계는 상호침해관계(지배/피지배, 권력/소외, 가진자/없는자, 가해자/피해자, 강자

/약자)가 아니며, 따라서 서구적 변증법의 관계가 아니라 상호의존적, 공생적 통합 관계라고 할 수 있다.

그런데, 이러한 공생적 관계는, 한 시대나 유한성을 뛰어 넘어 다음 세대에까지, 그리고 '영원'으로까지의 '영속성'을 보여준다. 그는 여기서 삶의 보람이나 기쁨을 얻고, 니힐리즘을 초극할 수 있는 자기 구원의 철학을 정립하려고 한 것일까. 한성기는 자연의 변화를 통해서 생명의 영원한 사이클이나 윤회를 본 것이 아닌가 하는 느낌도 든다. 이러한 예를 작품 「열매」에서 엿볼 수 있다.

꽃이파리는 떨어져 어디로 갈까
꽃이파리 떨어지는
모습을 보면서
나는 어지러웠었다
꽃이파리의 짧은 낙하(落下)
떨어져서 오히려 오래
보이는 모습
이것은 모양이 없어지고
비로소 나타나는 뜻
당신의 모습
우리는 그래서 떨어지는
아름다운 것에서
두 가지의 모습을 보는가
하나는 보이는 낙화(落花)로
하나는 보이지 않는 뜻으로
하나는 쉬 잊을 수 있는 것으로
하나는 영 잊혀지지 않는 것으로
하나는 영원으로
하나는 순간으로

— 「열매」에서

이 시에서, '존재/부재', '유/무'가 순환하여 마침내 '영원의 결실'에 의하여 통합되는 순환의 원리를 볼 수 있다. 그런데, 2자병존의 세계를 통합하는 원리가 헤겔 식의 변증법에 있는 것이 아니라 '자연의 변화' 자체에 대한 직관에 있음을 알게 된다. "꽃이파리의 낙하"(落下)는 하나의 형태가 소멸하고 새로운 의미로 재생하는 것이며, 영구히 잊혀지지 않는 '영원의 열매'가 된다. 그리고 그 영원은 보이면서 보이지 않는 뜻, 쉬 잊을 수 있으면서 영 잊혀지지 않는 것, 하나의 영원이면서 하나의 순간, 즉 가시(可視)와 불가시, 잊음과 잊을 수 없음, 영원과 순간의 공존 통합의 존재인 것이다. 이러한 존재자의 진실이야말로 한성기가 추구했던 궁극의 리얼리티, 즉 모순이 통합된 '초월적 내재자(超越的 內在者)의 모습'이 아니었던가 생각된다.

질서와 조화의 시학

— 한성기론

송 재 영

어느 시인에게 있어서나 시는 개인적 체험의 표현욕구에서 비롯한다. 그러나 여기서 말하는 개인적 체험이란 대부분의 경우 정신적 사상적인 면을 가리키는 것이지 물질적 체험을 의미하지 않는다. 개인의 사회적 물질적 체험이 그의 정신적 사상적 체험과 절대적으로 무관한 것은 아니지만 여기서는 일단 이러한 양분법을 허용해주기 바란다. 사실 우리는 시를 통해서 시인의 일상생활을 어느 정도 단편적으로 떠올릴 수는 있으나 사회적으로서의 한 개인을 분명히 이해할 수는 없다. 말하자면 시인은 자신의 물질적인 삶을 정서화함으로써 교묘히 그것을 은폐하고 있는 것이다.

그런데 한성기는 이러한 범주에 속하지 않은 예외적인 시인이라 할 수 있다. 그것은 반드시 내가 그를 ─그의 개인적인 삶까지를 포함해서─잘 알고 있다는 예비지식 때문에 연유하는 것이 아니라 그 누구나 아무런 선입감 없이 직접 그의 작품을 읽어보아도 어느 정도 수긍할 수 있으리라고 믿어지기 때문이다. 다시 말해서 그의 시는 자신의 정신적 삶은 말할 것도 없이 물질적 삶까지를 포함한 한 인간의 전체를 보여주고 있다. 즉 한성기의 시는 한성기 자신이다. 오늘날 이와 같은 고전적 정의를 감히 적용시킬 수 있는 시인이 현실적으로 얼마나 존재하는지 지극히 궁금한 일이다. 사실 급격한 변동사회에 있어 모든 시인에게 필연적으로 공존하는 '사회적 자아'와 '창조적 자아'가 한성기의 경우처럼 거의 엄격히 일치하고 있다는 것은 보기 드문 일이다.

30년이란 긴 시작생활 외 수확이라 할 수 있는 한성기의 시선집 『落鄕以後』에 수록된 80여 편의 시를 읽으며 우리가 어떤 특이한 감동과 흥분을 느끼는 것은 그것이 바로 그의 삶의 전체성을 숨김없이 드러내고 있기 때문이다.

1

한성기 시의 본질을 이루는 것은 '외로움'이다. 자칫 진부한 인상을 주기 쉬운 이 어휘는 그것에 있어 교묘히 절제돼 있지만, 그러나 그것이 그의 시의 공간을 팽팽히 지탱하고 있음을 간과하고서는 그의 시를 이해할 수 없다.

> 외로워서 나는
> 기도를 시작했다
> 외로워서 전에 시를 쓰듯
>
> ─「먼 재」에서

여기 인용한 한 연은 한성기 시를 이해함에 있어 관건이 된다. 그러나 이와 같은 직접고백은 두 번 되풀이되지 않는다. 이미 말했듯이 그는 '외로움'이란 말을 결코 남용하지 않으며, 단지 그것을 어떤 삽화, 자연의 인상, 또는 단편적 상황을 통해 추출하고 있을 뿐이다. 아무튼 그는 외로움을 초극하기 위해 시를 쓰고, 그것이 시로써도 초극되지 않기 때문에 기도를 드리게 되고, 마침내는 시와 기도는 하나의 합일성으로서 그의 '외로움'을 사물화 하기에 이르는 것이다.

외로움은 존재의 모순과 부조리를 인식하는 데서 비롯한다. 아무렇게나 내버려진 비선험적 존재, 이른바 이 실존적 존재에 대한 자각이 눈뜰 때 시인은 돌연한 외로움에 전율하며 자신을 심리학적으로 객관화 하려고 노력하게 되는 것이다. 한성기에게 있어 이러한 현상은 특히 그의 초기시 「역」과 「꽃병」과 같은 아름다운 서정시의 양식으로 나타나고 있다.

저기 조그만한 역이 있다.

빈 대합실에는
의지할 의자 하나 없고
        (······)
눈이 오고
비가 오고······

아득한 선로 위에
없는 듯 있는 듯
거기 조그마한 역처럼 내가 있다.

　　　　　　　　　　　　　　　　　— 「역」에서

이 작품의 직접적인 제재는 그 제목이 가리키고 있듯이 역이다. 그러나 시인의 근원적인 관심은 단순한 형상적 존재로서의 역에 있지 않다. 다시 말하자면 역은 시인의 내면적 표현의 수단에 불과한 것이다. 대부분의 경우 시인이 외부세계로 그의 시선을 확산하더라도 그의 진정한 관심은 내부에 존재한다. 비록 어떤 작품이 외부세계에 대한 평범한 소묘에 그치고 있다 하더라도 시인으로 하여금 그의 시선이 바로 그와 같은 외부세계로 쏠리도록 한 심리적 요인이 있을 것임에 틀림없다. 「역」에 있어 시인의 그와 같은 심리적 요인은 바로 외로움이라고 말할 수 있다. 그것은 마지막 행 "거기 조그마한 역처럼 내가 있다"라는 진술로 충분히 입증된다. 다시 말하자면 한성기는 역을 외로움의 실체로 파악하고 거기에 자신의 내부세계(외로움)를 동화시키고 있는 것이다. 이와 같은 시적 방법은 「꽃병」과 같은 작품에 있어서도 마찬가지로 적용되고 있다. 충만된 내면적 감정을 간직한 채 그 누구를 기다리는 연약하고 아름다운 여인상으로 부각되고 있는 「꽃병」은 바로 시인 자신을 표상한다고 볼 수 있다. 그 누군가를 기다리는 그리움, 그리고 풀릴 수 없는 그 그리움 때문에 번져오는 외로움이 한성기 시의 공간을 지배하고 있는 것이다. 그러나 그것은 대개의 경우 문맥과 여백 사이에 깊이 은폐된 채 직접적인 공명과 반항을 환기시키지 않는다.

시인에게는 특히 친숙한 외부세계가 있다. 자연, 여인, 동물, 식물 또는 그 무엇이든 시인은 오랜 통찰과 관조에 의해 그 자신과 친밀해진 외부 세계를 통해서 자신의 숨겨진 자아를 표현한다. 그것은 모든 시인에게 거의 무의식적으로 작용하는 시적 영감의 힘이라 할 수 있다. 이러한 면은 한성기에게 있어 아주 두드러지게 나타나는 점이며, 그러므로 바로 이 점을 구체적으로 살펴보는 것이 그의 시적 주체인 외로움의 실체를 밝히게 되는 길이 된다. 이를테면 그의 시에서 집중적으로 자리하고 있는 산, 바람, 나무, 달, 둑길, 새 등과 같은 특정 대상이 어떻게 언어의 실재적 생명감을 조성하는지, 또 시인의 내면세계를 어떻게 기하학적으로 드라마화 하는지를 깨닫게 될 것이다.

2.

한성기는 인류에 의해서 또 종교에 의해서 구원받기를 단념하고 있는 듯하다. 실제 그가 육체적 정신적으로 심각한 위기를 맞이해서 추풍령에 들어가 오랜 시기 동안 요양하고 있을 때 그를 구원한 것은 인류가 쌓아올린 문명의 힘도 아니었으며 독실한 종교적 신앙도 아니었다. 그것은 차라리 산이며 바람이며 나무들이었다. 말하자면 그는 자연의 숨 속에서 자신의 원초적인 생명을 되찾게 되었고, 그러나 그 예지를 체득하기까지는 고행자와 같은 수도를 감당하여야만 했었다.

> 하루를 소중히 보내고 싶다.
> 언제부턴지
> 조용한 주위가 좋다
> 10년을 삼켜서
> 비로소 보이는
> 산
>
> ― 「산」에서

초보적인 시의 수사학조차 완전히 배격하고서 주관적 심정을 담담하게 진술하고 있는 이 시는 한성기에게 있어 산의 실재성이 무엇인가를 암시해 주고 있다. 어디에 가거나 산재해 있는 산, 따라서 손쉽게 볼 수 있는 산이, 그러나 이 시인에게 있어서는 "10년을 삼겨서/비로소 보이는" 하나의 절대적 존재로 현신하게 되는 것이다. 여기서 산은 단순한 자연현상으로서 존재하는 것이 아니라 생명의 구원자로서 초월적 의미를 갖게 된다. 이런 면에서 볼 때 많은 시인들에게서 드러나는 자연친화적 경향이 한성기에게 있어서는 한 현실도피이거나 또는 동양적 은둔사상과는 다소간 거리가 있다고 할 것이다. 말하자면 자연은 그에게 있어 신앙이다.

산으로 대표되는 자연은 한성기에게 있어 인류의 원초적 문명이며, 또한 의식이 필요 없는 종교이다. 이 시인은 사람들의 순간적인 행복과 허위적인 열정, 또는 물질적인 삶의 형태에 대하여 말하지 않는다. 그것은 말할 것도 없이 그것들에 대한 불신의 태도를 뜻한다. 가령, 많은 그의 작품 중에서 이성애의 사랑을 표현한 시구를 단 한 줄도 발견할 수 없다는 것은 그가 현세적이며 찰나적인 행복을 외면하고 있는 것으로 받아들여진다. 이러한 초탈의 욕망이 반어적으로 표현하자면 그의 외로움을 더욱 배가시키는 무의식적 동기가 되는 것은 말할 것도 없다.

한성기가 집요하게 견지하고 있는 반문명적 자세는 여기에 이르러 자명하게 이해될 것으로 믿는다. 그가 현대문명에 대하여 깊은 회의를 표시하고 나아가서는 그것을 정면으로 거부하는 원인은 무엇인가? 간단히 대답하면 그것은 현대문명의 우주의 원형과 질서를 파괴하고 있기 때문이다.

> 버스에 <u>실려서</u> 가는 사람은 슬프다
> 자전거 짐받이에 <u>실려서</u> 가는 닭은 슬프다
> 오토바위 뒤에 <u>실려서</u> 가는 개는 슬프다.
> ― 「某日」에서(밑줄 필자)

태초부터 사람은 건강한 두 발로 걸어다녔고 닭과 개 같은 동물들

도 자연스럽게 뛰어다녔다. 즉 자기 의지를 지닌 생명체였다. 그런데 오늘날에 와서 이른바 문명의 이기 때문에 모든 것이 한결같이 '실려서' 가는 것이다. 사람들은 주체적 능력을 포기하고 피동적 존재로 타락하여 자신의 참모습을 잃고 말았다. 적어도 이 시인은 이렇게 해석하고 있는 듯하다. 뿐만 아니라 그는 현대문명이 인간의 비속한 심성과 교묘히 결탁하여 우리들의 삶을 직접적으로 위협하고 있음을 탄식하고 있다.

> 스텐 그릇이
> 물빛이 싫어요
> 고춧가루에 색소를 섞고
> 생선에 방부제를 바르고
> 맥주에 하이타이를 풀어넣은
> 그 물빛이 싫어요
> 바람이 맛있어요
> ─ 「바람이 맛있어요·Ⅰ」에서

여기서 우리는 '바람이 맛있어요'라는 이유를 극명하게 깨닫게 된다. 동시에 바람만이 아니라 한성기 시에서 집중적으로 나타나는 자연 사물의 여러 가지 현상학적 자매어까지를 포함하여 그것들이 내포하고 있는 감각적 사상적 독사성을 밝힐 수 있으리라 믿어진다.

알다시피 바람은 형상, 색채, 향기, 그 아무 것도 없는 기류적 현상이다. 다시 말하자면 그것은 어떤 사물을 오염시키지 않기 때문에 시골은 당연히 시인의 이상향일 수밖에 없다. 그래서 한성기는 「바람이 맛있어요」라는 8편의 연작시를 발표하고 있는데, 이것은 한결같이 시골의 자연적 환경을 그리워하는 향수로 나타나고 있다.

시골에
내리면서
우리는 입맛을 다셨다
서로 낄낄거리며
누가 이 맛을
알까봐
쉬쉬했다
(…………)
시골 풀섶에
되살아나듯
반딧불
하나

— 「바람이 맛있어요 · Ⅲ」에서

한성기는 이렇듯 바람에 끌리어 자연으로 귀의한다. 그의 반문명적 기질에서 싹트기 시작한 고독은 자연 속에서만 비로소 정서적 안정으로 환원될 수 있기 때문에 그의 자연귀의는 거의 운명적인 필연성을 내포하고 있다. 그는 '시골 풀섶에' 하나의 계시처럼 번쩍이는 '반딧불/하나'를 발견하고서야 삶의 근원을 확인하는 것으로 믿고 있는 것이다. 이렇게 볼 때 이 신인에게 있어 하나의 정신적 사치로 환치되고만 자연에 대한 동경이 그에게 있어서는 절대명제가 되는 것이다.

그러나 자연은 그것 자체로서 한 시인의 고독을 근본적으로 치유시켜 주는 온상이 아니다. 시인은 어쩌면 자연 속으로 들어가서 본질적인 고독을 더욱 절실히 체득했는지도 모른다. 이 언저리에 대한 우리의 궁금증은 아마도 「새」라는 작품에서 소상히 밝혀질 줄 믿는다. 한성기는 「새」라는 제목의 작품을 연작시가 아니면서도 다섯 편이나 남기고 있다. 뿐만 아니라 기타 많은 작품에서도 새의 이미지가 자주 나타나고 있는데, 자세히 살펴볼 때 그것들은 매우 긴밀한 구조적인 연관성을 갖고 있는 듯하다.

자연 속에서 바라보는 새는 일단 시인에게 동질적 이미지로 제시되고, 따라서 일순간 그것은 그에게 친밀감을 느끼게 한다.

> 새들이 이 강을 향해
> 지금 내리고 있음을
> 그 하강
> 새는 내려오면서
> 하늘이 내리고
>
> ─ 「새」에서

이것은 거의 즉흥적이며 인상적인 지각을 회화적으로 표현한 것이다. 그러나 잇달아 시인은 하강했던 새가 때가 되면 다시 날아가는 것을 보게 된다.

> 아침이면
> 하늘에 쏘아올리듯
> 날아간 새
> 하늘을 휩쓸다시피 날아간 새
> 은빛 날개의 새
> 새
>
> ─ 다른 「새」에서

시인은 여기서 새가 내려오고 다시 날아가곤 하는 두 가지 운동을 통하여 비로소 사유의 길을 발견하기에 이르는 것 같다. 요컨대 새는 그에게 고독의 실체를 더욱 명료하게 제시해 줌으로써 그의 시세계를 구체적으로 형상화하는 계기가 된다.

되풀이되는 듯하지만 대체 고독이란 무엇인가? 블랑쇼는 그의 유명한 저서『문학공간』의 초두에서 예술가의 고독이란 바로 정신집중을 의미한다고 강조하면서 자칫 진부한 인상을 주기 쉬운 이 어휘의 본질에 대하여 깊은 주의를 기울이고 있다.

정신집중─그것은 곧 정신적 정적주의를 말한다. 오랜 시기에 걸친 관조와 사유 끝에 얻어진 한성기의 시적 진리는 바로 이 정적주의를 바탕으로 하고 있다고 보아진다.

3.

이제 종합해서 말하자면 한성기가 현재 도달한 포에지의 원리는 우주적 질서의 재확인이다. 그것은 결코 종교적 교리나 신앙에 힙 입은 바도 아니며, 오직 시에 의한 득도라고 할 수 있다. 과학적으로 또는 논리적으로 설명하자면 지극히 간단한 진실을 시화하기 위해 그는 참으로 오랜 세월을 보냈다. 이미 앞에서 인용한 바 있지만 "10년을 삼켜서/비로소……" 산을 바라볼 줄 알게 되었고, 또한 새가 비상하는 데도 그 나름대로의 단련과 의지가 필요한 것을 깨닫게 된다.

　　　　새를 까마득히 놓아버린
　　　　시골

　　　　10년을 필안했을지 모른다.
　　　　새가 하늘높이

뜨기까지는

마을이 보이고
먼 재가 눈에 띄기까지는

　　　　　　　　　— 또 다른 「새」에서

　여태까지 살펴본 세 편의 「새」라는 작품들은 한성기의 시적 원리를
전개해 보이는 미니아튀르적miniature 조형예술이라고 할 수 있다. 예컨
대 이 우주의 모든 사물들은 제각기의 질서에 따라 존재한다. 이 평범
한 진리를, 그러나 한성기는 그것이 "자율의 섭리다"라는 통설로 안이
하게 받아들이기를 거부하고 자신의 직접체득으로 표현한다.
　이 세계는 우주적 질서에 의하여 조화를 얻고 있다. 나뭇가지도
"새가 날아들어/비로소 팽팽해지는"(「새와 나무」) 것이며, 또 그것이
열매 맺기 위해서는 꽃이파리 "모양이 없어지고/비로소 나타나는
뜻"(「열매」)으로 가능한 것이다. 여기서 보다시피 '비로소'라는 접속
사의 빈번한 사용은 형식상 매우 단순한 한성기의 시가 내용면에서
얼마나 사유적으로 구성돼 있는가를 보여주는 좋은 예증이기도 하다.
그 자신이 작품상으로 토로하고 있듯이 10년이란 긴 세월 동안 정신
적으로 싸워서 마침내 도달한 이 우주적 질서와 조화의 세계는 이리
하여 그의 시의 핵심을 이루게 된다.
　구체적으로 몇 개의 예를 더 들어보기로 하자.

　저녁 어스름 어두워가는 방은 그대로 놔두고 싶다. 이유없이 쓸
쓸하며 흐뭇한 시간……

　　　　　　　　　— 「밤」에서

이것은 자연의 법칙을 이해하고 순응하며 궁극적으로는 그것의 질
서와 조화를 예찬하는 구절이다.
　질서와 조화에 대한 끊임없는 한성기의 시적 욕망은 심리적 자제의
형태로도 나타난다.

　　　당신의 이마를 사랑하기 위해서는
　　　이맘쯤에서
　　　바라볼 뿐

　　　당신의 가깝고도 먼
　　　그 입언저리의 소를
　　　잃어버리지 않기 위해서는
　　　이맘쯤에서 바라볼 뿐
　　　(…………)
　　　손을 대서는 안되는
　　　그릇이다
　　　손이 닿는 그 순간
　　　날아가는 웃음.

　　　그릇째 그릇째로 바라보는
　　　멀고도 가까운 이
　　　하늘과 같은 것을
　　　영원과 같은 것을
　　　잃어버리지 않기 위해서는
　　　이맘쯤에서
　　　항시 나를 억제하며

　　　　　　　　　　　　　　　　— 「이맘쯤에서」 전문

　제 4연의 문맥으로 보아 이 작품에서 '당신'이란 자기나 꽃병 같은

것으로 짐작되는데, 실제로 '당신'이 그 무엇을 가리키든 그다지 중요하지 않다. 그것이 여인이든, 꽃이든, 또는 어떤 정물이든 이 시의 기본 테마는 아무런 상관이 없다. 여기서 중요한 것은 시인 자신이 내면적으로 질서와 조화를 깨뜨리지 않고 그것을 평정의 상태로 유지하고자 하는 자세이다. 이러한 그의 심리적 자제는 자연세계와 친숙함에서 나타나는 당연한 현상이며 귀결이라 할 수 있을 것이다.

그렇다면 한성기는 질서와 조화의 미를 사람들의 실제 삶에서는 어떻게 추구하고 있는가?

> 지금
> 운동장에는 국민학교 어린이들이 열을 짓고
> 선생님의 말씀을 듣고 있읍니다
>
> 비뚤삐뚤 삐뚤어진
> 일학년 줄에서부터
> 이학년
> 삼학년
> 사학년으로
> 층이 지며 차츰차츰 잡혀져 가는
> 하나의 질서가
> 오른쪽 마지막 육학년 줄에서
> 어엿이 완성되어 있읍니다
>
> ― 「열」 전문

이것은 한성기의 초기 작품인데, 결국 그는 자연을 통하여 초기시부터 어렴풋이 추구해 온 질서와 조화의 세계를 전체적으로 통합하기에 이르렀다고 보아진다. 사람, 사물, 자연, 이들은 각기 고유한 질서를 가지고 있으며 또 상호간 그 질서로서 교감을 나눌 때 이 우주는 완벽

한 조화를 이룰 수 있다. —이것이 한성기의 시적 진실이며 미학이 아니겠는가?

훌륭한 시란 그것을 읽고 났을 때와 그 이전에 있어 사물에 대한 감수성의 차이를 느끼게 한다. 우리가 일상생활에서 무심히 지나쳐 버리는 자연의 변이적 현상은 그것이 우주생성 이후 간단없이 반복되는 것이기 때문에 오히려 우리를 눈멀게 하고 귀먹게 한다. 시인은 여기서 우리들의 녹슨 감각을 자극시키고 사물에 대한 새로운 개안을 가르쳐 주어야 한다. 그것도 물론 로고스적 세계인 시적 비전을 통해서……

이런 면에서 한성기는 전통적인 시법의 파격을 노리지 않으면서도, 아니 오히려 그 서정적인 기본 발상을 소중히 간직하면서도 그 시적 인식방법에 있어서는 분명히 특이성을 보여주고 있다. 언어에 의한 우주적 질서와 조화의 수립, 이 명제를 위하여 오늘도 시작을 계속하고 있는 그가 앞으로는 어떤 변모를 나타낼지 또한 궁금한 일이다.

(1983. 1)

한성기 시의 공간구조

박 명 용

1. 머리말

한성기는 1923년 4월 3일(음 2월 9일) 함남 정평군 광덕면 장동리에서 출생하였다.

정평소학교(1937)와 함흥사범학교(1942)를 졸업하고, 그해 4월 충남 당진군 합덕면 신촌리 신촌초등학교 교사로 부임했다. 그 후 1944년 9월 일본 문부성에서 시행하는 중등학교 교사 자격시험 '서예' 과목에 합격하고 이듬해 3월 합덕중학교 교사를 거쳐 1947년부터 대전사범학교에서 근무하다가 1959년 병을 얻어 경북 금릉군 소재 용문산에 들어가 요양한 후 1963년 하산했는데 그 후부터 영동, 예산, 조치원, 유성, 태안, 신도안 등지로 옮겨다니다가 1979년 대전광역시 유성구 원내동에 정착했다. 1984년 4월 뇌일혈로 작고했다.

문학활동을 보면 1946년 4월에 결혼한 아내가 1950년 10월 세살짜리 딸을 두고 병사하자, 세상이 캄캄하여 시에 매달렸고 추천을 받기 위해 ≪文藝≫지에 번번히 낙선하면서도 열심히 투고했다. 1952년 ≪문예≫지 5·6합병호에 「驛」, 이듬해 9월호에 「病後」를 毛允淑으로부터 추천받고, 1955년 ≪現代文學≫지 4월호에 「꽃병」, 「아이들」을 朴斗鎭으로부터 추천받아 ≪현대문학≫지 제 1호의 추천시인이 되었다. 시집으로는 『山에서』(1963), 『落鄕以後』(1969), 『失鄕』(1972), 『九岩里』(1975), 『늦바람』(1979) 등과 시선집 『落鄕以後』(1982)가 있으며 제9회 충남도문화상(1965), 제12회 한국문학상(1975), 제1회 趙演鉉문학상(1982)을 수상했다.

그의 생애는 '굴곡'의 연속이었고 그것이 대체적으로 작품으로 형상화되었다고 할 수 있다. 그러나 본고에서는 전기 등을 고려하지 않고 5권의 시집에 수록된 작품을 대상으로 시의 공간구조를 살펴보고자 한다. 작품 속의 공간이 전체적이거나, 부분적이거나 바로 시인의 의식과 상상에서 구현된 시세계라는 점에서 그 공간은 시인의 지향적 의도의 표현현장이다. 공간에 대한 문학적 인식은 자아와 세계 또는 존재와 세계라는 상호관련 속에서 시대정신과 지평으로 확대되어 이해될 수도 있다는 이점을 갖는다. 따라서 이 글에서는 한성기 시를 지배하고 있는 '산' '육지' '바다'의 공간구조 속에 내재해 있는 의미가 무엇인가를 고찰하여 시인의 의식세계를 밝혀보고자 한다.

2. 시의 공간구조

1) 산

한성기 시의 가장 높은 공간은 '산'이다. 대체적으로는 산의 공간에는 나무, 풀, 꽃, 바람, 열매, 새, 짐승 등이 공존함으로써 긍정적인 공간이다. '산'은 생명체에 있어 폐쇄된 상태에서 벗어난 개방된 현실적 공간이며 건강한 삶을 영위시켜 주는 곳이다. 한성기 시의 '산'의 공간 역시 현실적인 '희망'을 이루려는 공간이며 또한 거기에 있는 사물들과 동일시하려는 의식공간으로 나타난다.

> (1)짐승들과 마조 앉아
>   나는 저들이 좋아서 어쩌지 못할 때가
>   있다
>
> ―「山에서・1」에서

> (2)아침이면 나는 봉우리에 앉아서
>   훨훨 날개치며 波濤처럼 출렁이는
>   봉우리 위를 아득히 날아가는
>   한 마리의 새를 볼 수 있었다
>
> ―「山에서・5」에서

(1)에서, 짐승들과 마주 앉은 '산'은 무서움이나 두려움의 '산'이 아니라, 모두를 생성시키는 희망의 이미지를 보여준다. 즉 짐승과 나무, 꽃들을 끊임없이 생성시켜 삶을 이끌어 주는 터전인 것이다. (2)역시 봉우리에 앉아서 훨훨 날개치며 출렁이는 '산'은 억압이 아니라 '자유'와 '비약'을 상징한다. 그러므로 한성기 시의 '산'의 공간은 모든 것을 의지하고 의탁하는 믿음의 대상으로 자리하고 있음을 확인할 수 있다.

> (1)며칠 밤을 山上에서 지낸 일을 생각한다.
>   차라리 近處에 호랑이 몇 마리쯤 두고
>   祈禱를 드렸다

— 「山에서 · 4」에서

　(2)지붕위에 기왓장도 날리는 겨울바람 소리
　　밤을 새워 기도하는 사람들-
　　밤을 새워 맞서듯이
　　바람소리와 祈禱소리
— 「特別祈禱」에서

　(1)에서 볼 수 있는 '산'의 공간은 '기도의 공간'이다. 그 무엇을 갈구하는 기도의 의미는 '차라리 近處에 호랑이 몇 마리쯤' 둔 것처럼 긴박한 그 어떤 상상 속에서 희구되어지는 '구원의 공간'이다. (2)에서도 추운 겨울 '밤을 새워 기도하는 사람들'의 처절한 공간이기도 한 '산'은 신뢰의 산이며 아픔을 고백하고 이를 치유하고자 하는 공간이다. 이런 현상은 현실이 허여해 주지 않는 고통을 '산'이 수용해 줌으로써 그 공간은 고난, 죽음, 도피의 공간이 아니라 '생성의 공간' 즉, '희망'의 의미를 지닌 산이다.

　(1)저녁 어스름을
　　나는 곧잘 밖으로 나아가 본다
　　어둠에 묻혀 버리는 山들-
　　육중한 山들이
　　말없이 하나 하나
　　없어지면서 나도 없어져 버린다
　　어둠속에 山과 나는 없고
　　어둠속에 山과 나는
　　엄연한 것을 본다
— 「山에서 · 3」에서

(2)밥만 먹으면
　사람들은 논에나 밭에 가 있었다
　사람들은 거기서 하늘이 길러 주는
　곡식의 아랫도리를 조금씩 거들어 주고
　있었다
— 「山에서·2」에서

　(1)의 '산'은 어떠한 고통이 있어도 이를 초월하는 건강한 공간이다. 산이 어둠 속에 파묻혀 보이지 않음으로써 그 '산'의 이미지들이 소멸되는 것처럼 보이나 날이 밝기 시작하는 '신 새벽'에 밖으로 나가 보면 '周圍가 차차 밝아' '산'들이 하나 하나 드러나 보이는 '快適', 그리고 '나무들이 하나 하나' 보이는 '산'은 없어진 것이 아니라 영원히 신뢰를 보낼 수 있는 생명의 공간이다. (2)에서의 공간은 (1)을 뒷받침 할 수 있는 '생명의 공간'이다. 산비탈에 있는 논이나 밭에서 곡식을 거둠으로써 그 공간은 '산'에 호소했던 염원의 전부가 아니라 하더라도 이루어지거나 이룰 수 있다는 '결실의 공간'이 된다.
　따라서, 한성기 시의 공간은 처절하고 비참한 현실을 벗어나 새로운 그 어떤 삶을 갈구하는 '기도의 공간'이며 절망을 딛고 일어서려는 몸부림의 '산'이라 할 수 있다. 산에서 바라보는 '마을', '하늘', '새', '사람', '아침 햇살', '과일' 등이 암시하듯 그의 '산'이 갖는 시의 공간의식은 재생과 희망이다.

2) 육지

　한성기 시의 두 번째 공간은 '산'보다 한 단계 낮은 '육지'의 공간이다. 육지의 공간은 도시, 시골 그리고 더 세부적으로 나누면 모든 사물이 존재하는 평지의 공간이다. 그러나 여기에서는 그의 시가 주종을 이루는 '도시'와 '둑길'에 국한하여 시의 공간을 살펴보기로 한다. 그에 있어 '육지'의 공간은 삶이 상실되는 부정적 세계로 드러나는데 이것은 순수의 삶을 지향하려는 시인을 이 사회가 허용하지 않음으로써 나타나는 현상이다. 시인이 서 있는 평지는 물론이고, 멀리서, 가까이서 바라보는 육지는 심각한 공해, 팽창하는 인구, 문명의 폐해 등이 뒤섞인 부정적 공간인데 이것은 곧 소외, 고독, 단절이라는 의식을 수반한다. 여기에서 시인은 부정의 공간을 탈출하기 위한 수단으로 열린 공간으로의 이동을 시도하고 있으나 그곳 역시 '외길'인 '둑길'이기 때문에 제한된 공간에 갇히고 만다.

(1)百貨店 복도에
나무盆이 서 있다

百貨店 內部가 훤하다
가까이 가서 보면
플라스틱이다
아서라

— 「아서라」에서

(2)水族館 물 위에
둥둥 떠있는 종재기
宇宙空間에 떠 있는 地球같이
종재기 안에는
실지렁이들이
地球의 인종만큼이나
바글거리고 있다

— 「地球」에서

그의 시에 있어 도시의 공간은 (1)에서처럼 '진실'은 상실되고 '허구'
가 '진실'을 위장하여 백화점을 호화롭게 장식하고 있다. 진실을 추구
하는 자에 있어서 '허구'의 공간은 슬픔이요, 저주가 될 수밖에 없다.
또한 (2)에서 '종재기'의 공간은 많은 인간들이 살고 있는 좁은 지구이
며 그 공간에 바글거리는, '실지렁이'는 아귀다툼하며 살고 있는 인간
들을 의미한다. 이처럼 그의 시가 자리한 도시의 공간은 모두가 부정
적이다. 그런가 하면 "그 위에서는 / 서로 앞지르기다 / 두 눈에 불을
쓰고 / 쉴새 없이 내빼는 車바퀴들/ 어물어물 했다가는 치이는 판이다
/ 어물어물 했다가는 처지는 판이다"(「다리를 사이에 두고」에서)라고,
현대문명이 인간의 삶을 위협하고 파괴하는 오늘날의 도시를 부정하
며 '두 눈에 불을 써야' 살아남는 극의 공간을 설정하기도 한다.

> 길을 가다말고
> 문득문득 내 앞에 걸리는
> 文明의 차단
> 시골은 보이지 않고
> 뿌옇게 먼지를 날리며
> 지나가는 車들
> 먼지에 가려서 보이지 않는
> 당신의 얼굴
> 버스가 지나간 훨씬 뒤에도
> 끝내 오르지 않는
> 차단기
>
> ─「遮斷」에서

이 '차단' 역시 순수한 삶을 지탱하려는 '사람들'에 대한 현실의 차

단이다. 도시란 모든 사람들과 문명이 조화를 이루어 풍요한 삶을 영위하는 공간이 되어야 함에도 불구하고 사회현실의 공간은 역기능으로 가득 차 있다. 사람이 사람답게 살아가는 데에는 막힘이 없는 공간을 요구한다. 그러나 위에서 보는 것처럼 현대문명의 이기가 오히려 삶에 폐해를 제공하는 공간이 될 때 그 공간은 부정적일 수밖에 없으며 특히 그 차단기가 고장으로 '끝내 오르지'않음으로써 한성기 시의 도시 공간은 '단절'이나 '절망의 공간'이라 할 수 있다. 그래서 그는 도시의 암담한 비극적 공간에서 벗어나고자 의식의 앵글을 서서히 '둑길'의 공간으로 이동한다.

> (1) 바쁜 걸음으로
> 둑길에서 뒤돌아온다
> 사람들이 오가고
> 自動車의 빵빵 소리
> 그래서
> 정신이 드는 날이 있다
>
> ─「둑길·Ⅲ」에서

> (2) 밤에 자주
> 둑길을 걸었다
> 어둠을 보려고
> 어둠 속 너를 보려고
> 波濤같이 쌓이는 어둠
> 낮에는 눈을 감고 걸었다
> 밤에는 눈을 뜨고 걸었다
> 어둠을 보려고
> 어둠 속에 서서
> 보는 불빛은

불빛
네가 있구나

― 「어둠을 보려고」에서

(3) 그 물새의 울음소리 때문에
   서서히 밝아오는
   빛

   外燈이
   하나
   당황하며 어쩔 줄을 모른다

― 「둑길·Ⅱ」에서

 '둑길'은 대체적으로 한적하고 외로운 분위기를 자아낸다. 그러나 그가 찾은 '둑길'은 자신이 생각했던 '둑길'이 아니다. (1)의 '둑길'은 현대문명과는 유리된 길이다. 그러나 요즘에는 예외없이 자동차가 경적을 울리면서 '둑길'까지 침범한다. 그래서 '둑길'에서도 정신을 차려야 하는 둑길은 부정적이다. (2)에서 보는 바와 같이 '둑길'까지 문명의 폐해가 불어닥쳐 낮에는 더 이상 걸을 수 없고, 밤에만 걸어야 하는 비정상적 공간이다. 따라서, 부정의 공간에서 바라보는 불빛은 황홀한 것이 아니라 그지없이 외롭고 쓸쓸하다. (3)에서는 '물새의 울음소리'에 날이 밝는 공간이지만, 그 밝은 세상으로 인하여 '外燈'이 당황해야 하는 둑길은 비애의 '둑길'일 뿐 그 공간은 희망적이지 못하다.
 그의 시는 이러한 절박함 속에서도 "나는 들꽃 하나 따들고/ 都市 위에다 꽂아본다"(『교외에서)고 순수한 삶을 상징하는 '들꽃'을 부정적인 도시의 공간으로 이동시켜 보기도 하나 "둑길에서 만난 사람은 별로 없었다. / 둑길에서 만난 사람은 / 간혹 낯설은 햇살 / 熱心이 둑길을

걸으면 / 나는 사람이 보일 것"(「둑길·Ⅳ」에서)같았지만 현실공간은
이를 용납하지 않는다.

결국 한성기 시의 '육지'의 공간은 높은 '산'에서 기구하고 생각했던
'희망의 공간'이 아니라, 비애와 절망을 느끼다가 거기에서 생성된 '외
로움의 공간'이다. 따라서, 그에 있어 '육지'의 공간은 '좌절'만을 안겨
주는 부정의 공간일 뿐이다.

3) 바다

한성기 시의 세 번째 공간은 '바다'의 공간이다. 대체적으로 '바다'
는 끊임없는 생동감, 생명, 정화, 재생, 모성, 미래 등 복합적 상징성을
띠고 있다. 이것은 '산'이나 '육지'를 총체적으로 포용할 수 있다는 긍
정의 의미이다. 그러나 한성기 시의 '바다'에는 이러한 긍정적 공간이
있기도 하고, 단절의식을 반영하는 '무덤'이나 이별이 존재하는 부정적
공간이 있기도 한데 후자의 공간이 훨씬 짙게 드러나 있다.

> (1) 섬
> 分校운동장
> 아이들 새새에
> 바다는 부서지고
> 희희낙낙
> 희희낙낙
> 아이들 새새에
> 파도는 부서지고
> 아이들 떠드는
> 소리는 부서지고
> 땡 땡 땡

(2) 갈매기 뜨는 날은
   배도 돌아가고
   사람들도 돌아가고

   술상머리
   신이나는
   젓가락
   장단

                              ―「갈매기Ⅱ」에서

  (1)에서 볼 수 있는 "섬 / 分校운동장"은 생동감이 넘쳐 '희희낙낙'
할 수 있는 건강하고 티 하나 없는 '아이들'의 공간이다. '육지'의 공
간에서 찾아볼 수 없는 해맑은 '바다'의 공간이다. 이곳은 공해, 이기
등이 난무하는 부정적 공간이 아니라, 모두가 상실되지 않은 순수와
생명력으로 참된 삶을 영위하는 공간의 이미지들과 합일된 공간이다.
  (2)에서는 갈매기가 뜨는 날은 바다 사람들이 '술상머리'에 앉아 "젓
가락 / 장단"으로 삶의 기쁨을 나누는 긍정적 공간이다. 또한 "돋보기
가 없어도 / 술술 읽어 내리는 책 / 돋보기 쓰듯 / 바다를 쓰고 / 이상
하다 / 이렇듯 視力이 좋을 수가"(「솔밭에 앉아」에서)에서 보듯 바다는
긍정적 공간이다. 그러나 이러한 긍정적 공간은 오래가지 않고 곧 부
정적 공간으로 황급히 이동된다.

   (1) 바다는 춥다
     바다는 **他鄕**
     멀미를 하며
     돌아오는 밤 배 위에서

홑것을 입은 아이
나는 떨었다.

— 「바다는 他鄕」에서

(2) 귀머거리
귀머거리
잃어버린 목소리
기계의 소음에 가려서
들리지 않는
너의 목소리

— 「귀」에서

'바다'는 모성, 재생 그리고 상실되지 않는 공간으로서 새로운 삶으로 나아가게 하는 신성한 공간이며 용기와 희망을 주는 꿈의 자리이기도 하다. 그러나 (1)에서 확인 할 수 있듯 '춥다' '他鄕' '홑것' '떨다' 등을 '바다'의 공간에 배치함으로써 부정적 공간이 된다. (2)에서도 '육지'의 공간에서 들었던 기계의 소음을 '바다'에 와서도 듣게 되어 화자가 지향했던 순수하고 참된 삶의 소리(파도소리)를 들을 수도, 볼 수도 없다는 데서 '바다'가 부정적 공간으로 나타남을 알 수 있다. 또한 「뜨내기」에서는 "섬에 / 어부의 묘지 雜草가 우거지고 / 내가 설 자리는 / 거기밖에 없다"라고 단절의식의 반영인 묘지가 있는 공간을 시각화함으로써 열린 공간의 지향이 아니라 폐쇄의 공간을 보여주고 있다.

특히 '바다'의 공간에서 주목되는 것은, 영원성이나 미지를 암시하는 수평선이 나타나지 않고 있다는 점이다. 한성기 시의 공간은 '산→육지→바다'라는 열려진 세계로의 확대를 꾀하나 '바다'에 이르러서는 구체적인 미지의 공간이 발견되지 않음으로써 '바다'는 부정적일 수밖에 없는 처지에 놓인다. 이것은 '묘지'가 부럽다는 「뜨내기」에서도 증거되는 대목이다. 그래서 그의 '바다'의 공간은 막연한 동경이나 회고의 부정적 공간일 수밖에 없다.

    (1) 창가에서 바라본
        아슬한 바다
        첫 사랑
        내게도
        첫 사랑은 있었다
        포개없은 돌을
        쓰다듬으며
        쓰다듬으며
                                    ― 「뒤돌아 보며」에서

    (2) 바다에서
        흔드는 손
        멀어져가는 배
        멀어져가는 바다
        햇살이 내린
        집
                                    ― 「섬」에서

(1)에서 볼 수 있는 바와 같이 '바다'의 공간은 미지의 세계나 현실 공간의 생동감이 아니라 아쉬움만 넘치는 '첫 사랑'이며 '아슬한 바다'는 그리움을 수반한 회고의 공간이다. 돌을 쓰다듬으며 뒤돌아 본 공간은 긍정적 공간인 '산'도 될 수 있으며 부정적 공간인 '육지'도 될 수 있으나 모든 것이 살아 숨쉬는 현실 공간 즉, '바다'에서 뒤돌아 봄이라는 공간의식을 확인한다면 그것은 그리움을 낳는 부정적 공간일 수밖에 없다. (2)에서도 작별과 아쉬움을 상징하는 '흔드는 손'을 바라

보는 공간을 쓸쓸하다 못해 애처로움마저 낳게 한다. 따라서 한성기 시의 '바다'의 공간은 생동, 재생, 미래 등 긍정적 공간이기보다는 묘지, 이별, 그리움 등 부정적 요소가 더 많이 지배하고 있는 공간임을 알 수 있다.

3. 통합공간

지금까지 한성기 시의 공간을 산→육지→바다 등 세 단계로 나누어 그 의식의 변모를 살펴보았다. 시는 한 공간에만 꼭 한정되어 만들어 지는 것이 아니다. 한 작품에 세 단계 공간이 공존하여 만들어지는 경우도 있고, 계층 공간이 다른 두 단계가 짝 지워져 만들어지는 경우도 얼마든지 있는 것이다. 이것은 각 부분들이 상호간에 일정한 관계와 연쇄를 가지고 있기 때문에 부분을 무시하고는 전체를 알 수 없다. 이런 점에서 본고에서는 먼저 세 단계 공간을 각 공간별로 살펴보았다. 그러면 여기에서는 그의 작품 중에서 세 단계가 모두 통합된 공간과 두 단계가 통합된 공간을 살펴, 통일된 새로운 시세계가 무엇인가를 구명해 보자.

> (1) 재를 오르며
> 뒤돌아 보는
> 港口
> 洋屋
> 달걀빛깔의
> 따스해 보이는 建物

배 하나
갯벌에 주저 앉아
하품을 하고
갈매기 뜨는 港口의
透明한 살결

                    — 「港口」에서

(2) 스텐그릇의
    물빛이 싫어요
    고춧가루에 색소를 섞고
    생선에 방부제를 바르고
    맥주에 하이타이를 풀어넣은
    그 물빛이 싫어요
    바람이 맛이 있어요
    시골로 내려가는 버스창가로
    바람에 풀풀
    풀내
    꽃내

            — 「바람이 맛이 있어요·Ⅳ」에서

(1)에서는 산(재), 육지(양옥), 바다(항구, 갈매기, 물빛) 등 세 단계의 공간이 통합을 이루고 있다. 우주를 생성시키는 산(재)을 오르며 바라 보는 생활공간인 육지의 따스한 빛깔의 양옥과 모든 생명의 어머니인 바다가 하나로 통합되고 있는데 이것은 '透明한 살결'을 지향하고 있 는 것이라 할 수 있다. 우주 속의 만물이 조화를 이룰 경우, 그 속에 존재하는 사물의 빛깔은 검거나 붉지도 않으며 흐리지도 않다. 그것은 곧 '투명'으로 나타나는데 이것은 맑고 깨끗한 의식의 발현인 것이다. (2)에서도 산(시골, 바람), 육지(스텐그릇), 바다(물)가 통합공간을 이루

어 풀밭(풀내)와 꽃밭(꽃내)의 공간을 형성한다. 풀과 꽃은 '순리' '생명' '사랑' '평화' '순수'를 상징함으로써 부정적 공간을 긍정적 공간으로, 긍정적 공간은 더욱 긍정적 공간으로 확장시킨다. 이렇게 통합공간이 형성됨으로써 각기 다른 개체의 공간은 자연히 소멸되고 완전한 긍정적 공간이 된다. 또한 "바다에서 들고온 / 돌이나 바라보다가 / 한나절 / 산이나 바라보다가 / 텃밭에 나앉아 / 새김질 하는 소나 / 바라보다가"(「바람이 맛이 있어요?Ⅱ」에서)에서 보듯 '바다' '산' '텃밭'이 통합공간을 이루어 자연친화 또는 자연정취를 나타내고 있다.

이밖에도 '산'과 '바다', '육지'와 '바다'가 통합되어 이상적인 시의 공간이 마련된 것도 볼 수 있다.

> (1) 자꾸만 바다가 그리워질 때가 있다
>   산에 있으면
>   점점 그리워지는 것이 바다인 것은
>   이것이 본시는 하나인 까닭이 아닐까
>
> —「산·8」에서

> (2) 잊어버려요
>   陸地에 두고 온
>   울며 짜며 하던 곳
>
>   훌훌 털고
>   바다에 내리며
>   이 시야에 앞에서는
>   누구나 흘러버려요
>
> —「잊어버려요」에서

> (3) 靑果市場에 들어서다가

그곳에 와 있는 바다
햇과일이 시새는
싱싱한 빛깔

— 「靑果市場」에서

   (1)은 각기 현실 공간이 상반된 '산'과 '바다'가 '본시 하나'로 재결합하여 통합공간을 이룬다. '산'과 '바다'가 하나로 통합된다는 것은 생성, 영원성, 번식, 생동, 미래 등을 상징하는 —자연은 '본시 하나'이기 때문인데 이 역시 이상공간인 것이다. (2)에서는 '육지'와 '바다'가 통합된다. '육지'는 '울며 짜며 하던 곳'으로 부정적 공간이나 정화를 상징하는 물(바다)과 통합됨으로써 결국 '재생'이나 '부활'을 암시하고 있다. (3)에서도 생활 공간이 육지(청과시장)와 바다(싱싱한 빛깔)가 통합되어 생동하는 공간을 마련하고 있다. 삶의 현실 공간인 청과시장의 빛깔은 얼마 지나지 않아 부정적 공간이 되기 마련이다. 이 부정적 공간에 영원한 빛깔(싱싱한 바다)이 통합된다는 것은 부정적 공간에서 긍정적 공간으로의 이동을 뜻한다. 결국 산, 육지, 바다가 통합 공간을 이루거나, 두 공간이 통합하거나 이것은 부정적 공간을 긍정적 공간으로, 단순 긍정을 복합 긍정으로 만든 것인데 이러한 통합 공간은 인간에게 있어 가장 이상적 공간이 된다고 할 수 있다.

4. 마무리

   지금까지 살펴본 바와 같이 한성기의 시는, 가장 높은 '산'→중간 지점의 '육지'→가장 낮은 '바다' 등 세 공간 계층으로 이루어져 있다. '산'의 공간은 그것들이 상징하고 있는 것에 의탁하여 그것을 성취하고자 염원하는 긍정적 공간으로 드러난다. '산'의 공간에서 볼 수 있는 '호랑이 몇 마리', '사시나무 떨듯', '바람소리'는 절박한 상황의 구체적 모습의 공간이며 '짐승', '꽃', '곡식', '새' 등은 그것들에 대한 신뢰인 동시에 그 생명을 닮고자 하는 긍정의 눈이다. 특히 '새'는 입체적 원형이며 둥근 생명체라는 데에서 최상의 존재로 인식되고 있어 '새'가 있는 공간은 절대 긍정이다. 두 번째의 '육지'공간은 삶의 현실 공간으로 부정적이다. 풍요로운 삶을 위해 마련된 문명이 오히려 공해, 인간성 상실, 이기심 조장 등 온갖 폐해를 낳아 그 공간은 부정적이다. 한적해야 할 '둑길'조차 마음놓고 거닐 수 없는 공간이 됨으로써 '육지'의 공간은 절망적이다. 세 번째 '바다'의 공간은 싱싱하고 넓으나 역시 '他鄕', '기계의 소음', '묘지', '멀어져 가는 바다', '그리움' 등이 놓여있는 부정적 공간이다. 그러나 마지막 공간은 산, 육지, 바다 등 세 단계의 부정적 공간이 하나로 통합공간을 이루어 긍정적 공간을 만듦으로써 가장 이상적 공간이다. 따라서 한성기 시의 공간은 부정적 단순 공간, 즉 고정된 공간이 아니라 변형 공간인데 이것은 곧 시인의 풍부하고도 강한 시의식의 변화에서 비롯된 것이라고 할 수 있다.

이와 같이 각기 다른 공간일 때는 긍정 또는 부정으로 나타나고 있으나 하나로 통합할 때는 가장 이상적인 긍정 공간으로 변용되고 있는 것이다. 이것은 궁극적으로 현실적인 고통, 절망 등을 초극하여 순수세계에 이르고자 하는 의지의 표현으로 집약할 수 있다.

한편, 한성기 시의 공간 계층의 특징을 보면 상승이 아니라 하강이라는 점이다. 산→육지→바다의 계층이 그것이다. 그러나 하강할수록 그 공간의 넓이는 소폭(산)→중폭(육지)→무한(바다)으로 점차 확대되고 있다. '산'은 가장 높은 위치를 차지하고 있으나 봉우리, 계곡, 산비탈 등 그 공간은 소폭이며 한 단계 아래인 '육지'는 자유로운 형태이기는 하나 제한적이다. 마지막으로 '바다'는 가장 낮은 공간에 위치하고 있으나 무한대의 공간을 보임으로써, 현실 공간과 상징 공간은 역순을 이루고 있다. 이것은 한성기의 시가 초기(산)→중기(육지)→말기(바다) 등으로 진행됨에 따라 의식이 점차 확대되어 갔음을 의미한다. 의식의 확대는 결국 새로운 세계를 지향하고자 하는 강인한 시정신에서 비롯된다.

한성기의 불행한 생애와 고뇌의 시세계

정 진 석

Ⅰ. 머리말

한성기 시인(1923. 4. 3~1984. 4. 17)은 1955년 ≪현대문학≫지를 통해서 문단에 데뷔한 이래, 사망시까지 5권의 시집과 1권의 시선집을 남겼다. 이들 6권의 시집에 수록된 작품은 총 236편이다. 그러나 이 작품들을 대상으로 비교·검토해 본 결과, 재수록이 안된 신작이라고 인정되는 그의 시는 157편이었다. 필자가 이 157편을 연구 대상으로 주제별로 분류한 바, 크게 고독, 연모, 허무, 투병, 유년회귀, 자연친화, 문명비판 등 일곱 묶음이다. 주제유형별 각 해당 편수의 합계와 백분율은 ① 자연친화 67편(42.67%), ② 투병 26편(16.56%), ③ 연모15편(9.56%), ④ 문명비판 15편(9.56%), ⑤ 고독 12편(7.64%), ⑥ 허무 12편(7.64%), ⑦ 유년회귀(원시동경) 10편(6.37%) 순으로 집계되었다.

이 글은 방대한 분량의 논문 가운데 극히 일부를 요약한 것이기 때문에 논리 전개가 제대로 갖추어지지 않았거니와, 지면 사정상 부득이 작품의 '원문'은 전집으로 대신한다.

Ⅱ. 시세계

1. 고독

한성기의 경우, 고향을 이북에 둔 실향민으로서 필연적으로 느끼게 될 수밖에 없는 혈육과의 생이별, 고향에 대한 향수, 특히 일찍이 젊은 시절 부인과의 사별로 말미암아 언제, 어디서나 뜨내기 의식에 사로잡혀 있었던 것이다. 그래서 그는 개인적인 실향의식에 시달렸으며, 또한 문학적으로도 문명에 의하여 밀려나고 파괴되어 가는 자연(시골)을 아파하는 실향의식에 고뇌했던 것이다. 더욱이 잦은 주거공간의 이동으로 인하여 토착주민으로부터 소외의식을 자의식하면서 살았다.

한성기 시에서 그의 고독한 모습은 초기시 「역」<Ⅰ-78>에 잘 표출되어 있다. 이 시는 2~3연에서 보는 바, 쓸쓸한 시골 간이역 풍경을 묘사하고 있다. 이 작은 시골역에도 '눈이 오고/ 비가' 오는 것처럼 시간은 흘러가고, 마치 아득한 선로에는 잊혀진 쓸쓸한 시골역 풍경처럼 외로운 시인 자신이 서 있는 것이다. 떠나감과 오는 것이 이루어지는 역의 의미처럼 인생도 흘러가는 시간 속에서 만나고 또 떠나가는 것이다. 시 「역」이라는 작품은 한성기 시인의 고독한 자화상인 동시에 '50년대'라는 사회적 특수성(시대상)이 잘 용해되어 있을 뿐만 아니라, 인생의 보편적 내면세계의 일면을 시로 승화시켰다는 점에서 우리 모두의 자화상이 될 수 있다.

초기시에 드러난 고독한 면모는 중기시 「둑길 Ⅲ」<Ⅲ-38>과 접해도 그대로 발견할 수 있다. 일반적으로 고독은 혼자 있을 때 느껴지는 감정이다. 그런데 한성기의 시 「도시」<Ⅰ-50>, 「사람들 가운데서」<Ⅲ

-28> 따위를 보면, 그는 군중 속에서도 고독을 느끼고 있다. 특히 중기시 「사람들 가운데서」는 용문산 기도원에서의 투병기를 회상해서 쓴 시인데, 그는 그곳 환자 집단에서까지 소외의식을 느끼고 있다.

고독한 그의 이런 면모는 후기시 「바다는 타향」<V-26>이나 「콩알 팥알」<V-28>에서도 역력하게 읽을 수 있다. 시 「바다는 타향」은 어느날 비교적 원거리에 있는 섬에 갔다가 돌아오는 길에 '멀미를 하며/ 돌아오는 밤배 위에서' 추위에 몹시 떨었던 체험을 토로하고 있다. 찬 바닷바람에 얼마나 혼났으면 정이 뚝 떨어질 만큼 바다가 타향으로 느껴겠는가를 쉽게 이해할 수 있다. 우리는 「바다는 타향」이라는 제목에서 벌써 산과 육지에 익숙해 온 이 시인의 바다에 대한 생리적 체질적 거부감을 직감할 수 있다. 한 시인이 지난날 산에서 산과의 일체감을 느꼈던 것과는 사뭇 대조적이다. 그리고 시 「콩알 팥알」은 어촌에서 외지의 사람들과 현지의 뱃사람들이 뒤범벅되어 있는 상태에서도 용케 도시나 먼 뭍에서 온 외지인을 식별해내고 자기네끼리만 서로 친숙하게 알아보는 데서, 일종의 대타적인 심적 압박 내지는 집단적 소외감을 절실하게 느낀 것이다.

한성기의 이런 고독한 면모는 통시적인 관점에서 지속적으로 드러나고 있다. 그렇지만 한성기는 고독의 세계에 갇히거나 안주하지 않았다. 그 증거는 그의 초기시 「산에서 <7>」<Ⅰ-32>, 「가을」<Ⅱ-25>, 「낮」<Ⅱ-86> 등에서 찾을 수 있다. 이런 시들에서 그는 자신의 외로움을 달래기 위하여 객관적 대상에 지나지 않는 자연물인 나무를 고독한 자아의 정신적 좌표 및 버팀목으로 삼아 일상의 벗이나 연인들처럼 생각함으로써 자신의 고독을 자위하고 있음을 볼 수 있다. 이러한 한성기의 고독의 늪에 감금되지 않으려는 의지적 몸부림은 주제를 달리하는 「특별기도」<Ⅱ-47>의 1연, 즉 "외로워서 나는/기도를 시작했다/외로워서 전에 시를 쓸 때같이"에 잘 나타나 있는 바, 부인과의 사별로 인하여 고독했을 때엔 시를 썼다고 하며, 그후 용문산 기도원에서의 투병기엔 기도를 시작했다는 고백만 들어도 그가 자신의 숙명적인 고독을 극복하기 위해서 얼마나 눈물겹도록 고투했는 가를 감지할 수 있다.

건강을 되찾아 용문산 기도원에서 내려온 이후에도 그는 줄곧 시골 길이나 둑길 등을 걸음으로써 고독으로부터 벗어나고자 노력하였다. 그의 이러한 의지적인 면모는 시 「둑길Ⅶ」<Ⅲ-47>에도 진솔하게 표백되어 있다. 당시 둑길을 걸은 일에 대해서 "당분간 내가 살아가는/방법은 이 둑길을 걷는 일 뿐"이라고 읊고 있다. 그의 둑길 걷기는 직업이 없는 외롭고 궁핍한 시인으로서 자연과의 친화를 통하여 현실적으로 당면한 자아의 고독과 경제적 빈곤에 시달릴 수밖에 없었을 내적 고뇌를 달랠 수 있고, 또한 자기 시의 소재를 발굴하고 시상을 가다듬고 건강을 유지할 수 있는 유일한 운동이었다는 점에서 그가 살아가기 위한 최선의 방법이었다. 이처럼 시인은 아무리 오늘의 이 현실이 고달프고 외로울지라도 그때보다는 훨씬 행복하다고 자위하며 긍정적이고 건강한 의식으로 주어진 삶을 성실하게 영위하고자 하는 현명한 처세관을 체득·확보하게 된 것이다.

이상에서 살펴 본 바, 한성기 시인은 언제, 어떤 상황에 처해 있거나 거의 숙명적이고도 생리적으로 고독을 자의식한 시인이라고 할 수 있다. 그러나 그는 결코 고독에 안주하지는 않은 것으로 되어 있다. 이와 같이 그는 자신의 고독에 대해 결코 도피하거나 외면하지 않고 이를 그대로 수용하면서 적극적이고도 슬기로운 자세로 대처해 나감으로써 형이상학적인 자아실현의 면모를 소신껏 발현했다고 볼 수 있다. 따라서 우리는 한성기의 자신의 불행한 생애 앞에 놓여진 거의 숙명적 고독을 극기하기 위한 피 눈물어린 노력과 인내는 철저한 자애의식에서 발로된 인생에 대한 끈질긴 집념과 정신적 의지의 소산이라고 할 수 있다. 바로 여기서 그의 삶에 대한 성실성을 읽을 수 있다.

2. 연모

한성기는 젊은 시절 아이를 낳고 산후조리를 소홀히 한 탓으로 폐렴을 앓다가 사망한 첫 부인의 죽음으로 말미암아 정신적 극한상황에 봉착되었을 때, 이러한 크나큰 비애와 고뇌로부터 벗어나기 위하여 숙명적으로 시를 택한 것으로 되어 있다.

죽은 아내에 대한 그리움과 연민은 시 「꽃병<1>」<I-85>, 「꽃병」<2><Ⅰ-58>에 표출되어 있다. 시 「꽃병<1>」은 '항상 남모를 하나의 불룩한 기쁨 같은 충만'된 내면적 감정을 간직한 채 누군가를 기다리는 연약하고 아름다운 여인상으로 부각되고 있는 꽃병이 죽은 아내를 표상하는 사물이라는 추측은 그의 생애에 비추어 어렵지 않은 일이다. 이러한 부인에 대한 애틋한 집착은 다소 시간적인 경과와 시적 변용을 통해 「꽃병<2>」와 같은 가작을 빚어내고 있다. 시인은 우연한 순간에 탁자 위에 놓여 있는 꽃병을 보고, 죽은 부인의 돌아앉은 뒷모습을 유추해 내고 있다. 이것은 곧 그의 의식 속엔 죽은 부인이 항시 자리 잡고 있었음을 잘 말해 준다. 이 때, '꽃병'은 시인의 내면이 감정이입 된 객관적 상관물로서, 일정한 거리를 유지하면서 감성의 눈으로 바라보면 살아서 돌아앉은 부인의 환영이었다.

그러나 끝연 부분에 표현되어 있듯이, 가까이 가서 꽃병을 툭툭 쳐 보았을 경우, 즉 그 제한된 일정한 거리를 무시하고 직접 접촉을 통해

확인했을 때는 즉시 그것은 이미 부인이 아닌, 한낱 생명도 체온도 없는 꽃병이라는 물체로 전락하고 만다. 이처럼 그는 사물의 실체를 촉각 또는 가까이 접근해서 파악했을 땐, 즉 이성을 회복하고 허상에 의한 착각에서 깨어나 실존상황과 접하게 되는 순간부터 짙은 허무감에 사로잡히게 되고 만다는 결과를 절감하곤 했던 것이다.

그렇다면 한성기는 사자와의 사랑이라는 현실적으로 전혀 불가능한 사랑에 대하여 어떤 자세를 견지하고 슬기로움을 발휘함으로써 그리움을 해소하고 지속시킬 수 있었으며, 또한 이를 어떻게 극기했는가를 검토해 보자. 이 점은 시 「이맘쯤에서」<Ⅱ-60>를 보면 그 윤곽이 드러날 수 있다. 사물 혹은 존재와 시인이 너무 가까운 거리를 확보하면 감수성의 통로를 차단한다. 초점이 맺어지는 알맞은 거리에서 실상은 아름다움으로 나타날 수 있고 그 진면목이 드러날 수 있다. 시의 거리는 바로 사진의 원리와 유사하다. 한성기는 이 시에서 "손을 대서는 안 되는/그릇이다."는 철저한 현실인식과 만일 그러한 질서를 지키지 않았을 때는 깊은 절망과 슬픔의 늪에 다시 갇히게 됨을 깨달은 것이다. 그래서 그는 현명하게 '그릇째 그릇째로 바라보는' 냉철한 자제력으로 대상과의 거리, 즉 '항시 나를 억제하며' '이맘쯤에서'라는 적절한 거리를 확보하고자 무던히 자기 자신과의 치열한 싸움을 하는 수도자적 면모를 견지하고 있다. 다시 말해서, 시인 자신이 내면적으로 질서와 조화를 깨뜨리지 않고 그것을 평정의 상태로 유지하고자 시인은 냉철한 자제력과 초연한 자세를 취함으로써 연민의 대상과의 정을 지속시키는 슬기와 극기의 면모를 역력하게 보여 주고 있다.

그리하여 그는 한정된 만남(허무적인 생의 만남)을 영원한 만남(무한의 영적인 만남)으로 승화시킨 것이다. 이같은 시인의 놀라운 자제력과 뼈아픔을 치룬 체념의 슬기로 구축된 준열한 시정신은 마침내 초기시 「열매」<Ⅰ-40>, 「낙화」<Ⅱ-62> 등과 같은 작품을 빚어낸 것이다. 이 시들은 그리움의 정서가 그것의 등가물인 "낙화"를 통해서 형이상학적으로 잘 육화된 수작에 속한다. 한 개 떨어지는 꽃잎을 두 가지 각도로 해석하고 있다. 즉 하나는 떨어져서 소멸될 꽃잎(실체)으로, 다른 하나는 부활의 꽃잎(뜻)으로 인식하고 있다. 또 다른 한편 떨어진 꽃잎과 맺은 열매의 상관성으로 보고 있는 바, 이것은 자연의 순리적 질서다. 하나의 존재를 구성하는 이원적 구조, 즉 하나는 쉬 잊을 수 있는 것, 가시적인 것, 순간적인 것 등, 다른 하나는 영 잊을 수 없는 것, 비가시적인 것, 영원한 것 등으로 이루어져 있다. 특히 시 「낙화」에서 시인은 무너진 흙담과 그 흙담에 비스듬히 서 있는 살구꽃 나무를 목격하고 불현듯 자신이 어렸을 때의 고향집 한 모서리를 회상해 내고 있다. 여기서 '살구꽃 나무'는 시인이 상실한 대상, 즉 한 맺힌 여인들을, '무너진 흙담'은 시인 자신의 붕괴된 정신적, 육체적 상황을 각각 표상한다. 시인은 살구꽃 나무의 꽃잎이 떨어지는 모습을 보고 여인이 눈물을 뚝뚝뚝 떨어뜨리며 우는 모습을 유추한 것이다. '내 안에서 울고 있는 그녀들', 즉 시인의 가슴 속에서 울고 있는 죽은 아내, 홀로 되어 북한 공산치하에서 고달프게 살아가고 있을 어머니 그리고 누이들, 죽은 딸과 엄마를 잃은 딸아이 등 복수다. 이들은 시인을 중심으로 할 때, 한결같이 상실된 대상들로서 설움과 아픔이 많은 사람들이다. 동시에 그만큼 시인 역시 설움과 아픔과 한을 품은 채 살아가고 있는 것이다. 실상 새로운 삶의 방식, 가령 종교적인 삶을 터득했을 때 사망은 결코 사망으로 끝나지 않을 수 있으며, 이별은 별리 그 자체로 종식되지 않을 수도 있다. 다시 말하면, 인간은 현실적이고 허무적이고 유한적인 인생이나 사랑으로부터 초연하고 초탈함으로써 자유스러워졌을 때에만 비로소 이상적이고 형이상학적이고 영원한 삶

또는 절대사랑을 누릴 수 있게 되는 것이다. 「열매」나 「낙화」와 같은 시는 곧 그런 정신세계를 추구한 작품으로 이해된다.

한성기의 초기시에 강하게 드러나던 사자(死者)에 대한 연민은 중기시 제3시집 『실향』 시기부터는 별로 보이지 않고 있다. 그렇지만 후기시 제5시집 『늦바람』 시기에 이르면 다시 진하게 표출되고 있다. 즉 시 「뒤돌아보며」<V-60>, 「汐水」<V-72>, 「잠적」<VI-198> 같은 작품들이 이를 여실히 말해 주고 있다. 그는 서해 태안반도 안흥만에서 1977년 3월부터 1978년 8월까지 살았다. 그는 거기서 바다에 홀린 눈으로 지내면서 그곳 풍물이나 현상을 관찰하다가 문득 첫사랑을 유추해 내고 있다. 「뒤돌아보며」는 바닷가를 거닐다가 '포개없은 돌들'을 발견하고 젊은 날의 첫사랑을 회상하고 있다. 「석수」는 1연에서 보면, 6매 썰물이 된 바다를 목격하고 초상집을 연상해 내고 있다. 그 초상집은 자신의 부인이 죽었을 때의 바로 자기 집이다. 이 시는 썰물 상태의 바다와 지난날 아내가 죽은 정황을 클로즈업시킨 점에서 시적 묘미가 돋보인다. 시 「잠적」은 아내의 죽음으로 인한 당시 시인 자신의 정신적 상황을 "쑥대밭이 되다시피/싸늘하게 식은 바다"에 비유한 점이 직정적이나 유니트한 표현이다. 「뒤돌아보며」, 「석수」가 바다의 사물이나 현상을 통해서 옛사랑을 회상해 낸 반면에 「잠적」은 아내의 죽은 상황을 썰물 상태가 된 빈 바다에 접맥시키고 있는 변별성을 발견할 수 있다. 이들 시편들은, 특히 「석수」와 「잠적」은 사별한 아내에 대한 그리움인 동시에 부부간의 애틋한 순정을 표출한 것으로 인간의 원초적이고 강렬한 사랑의 한이 관조적으로 용해되어 있다.

3. 허무

한성기의 시는 상당 부분 부인과의 사별이라는 크나큰 고통으로 인한 허무의식에서부터 출발하고 있다. 그는 6·25사변을 맞이하여 폐를 앓던 부인이 죽으면서 그의 생활이란 말할 수 없는 비통과 혼란에 빠졌다. 이처럼 시인은 부인의 죽음을 보고서 상실감과 인생무상을 느꼈던 것이다.

한 시인의 허무의식은 초기시 「성묘」<I-61>에 투명하게 드러나 있다. 시인은 할머니의 묘 앞에서 자기의 죽음을 연상해 내고 있다. 부인의 죽음 때문에 싹튼 허무의식은 그의 정신 한 구석을 평생 어둡게 지배했으며, 결과적으로 그를 정신적으로 한 차원 성숙시킨 밑거름이 된 것이다. 그리고 「산에서」<3><I-20>, 「밤」<II-84>에서 볼 수 있는 바, 그는 어스름과 밤에 대해 잔뜩 매료되어 있다. 이 두 편은 자연계의 순환적 질서와 법칙을 이해하고 이에 순응하는 자세를 취함으로써 궁극적으로 자연과의 동일화 내지 합일을 추구한 작품들이라고 할 수 있다.

한성기의 내면 한 구석을 강하게 지배했던 이런 허무의식은 중기시로 접어들면서 지난날 그의 의식의 한 구석을 강하게 지배했던 허무의식으로부터 비교적 자유롭게 벗어나 이를 나름대로 극복한 면모를 엿볼 수 있다. 이 점은 「나무 옆에 서서」<III-62>나 「나를 보채쌓고」<IV-78> 등을 보면 알 수 있다. 「나무 옆에 서서」를 접하면, '나무'라는 단순하고 무료한 대상에서도 기도하는 모습을 발견하고 도달한 자의 목소리를 듣게 된 정신적 편력을 역력하게 볼 수 있다. 시인은 기도하는 자세로 어떤 하나를 향하여 집중해 들어감으로써, 마침내 도달한 모습이 바로 '나무'라 생각하고 있다. 이 시의 깊이와 매력은 "심심하면 참새새끼 같은 것을/불러들여 무료를 즐기시고"라고 한 부분에서 느낄 수 있다. 도달한 자의 목소리를 내고, 스스로 안분하고, 스스로 완성하는 존재자인 '나무'는 시인의 내면세계가 감정이입 된 등가물일 뿐이다. 그리고 「나를 보채쌓고」를 보면 시인은 햇살과 바람과 같은 자연적인 요소를 신의 선물로 여길 정도로 형이상학적인 삶을 즐기고 있다. 이는 이미 물질적인 세계로부터 의연하게 초연물외적 동양사상에 깊숙이 침잠하게 되었음을 의미하며 동시에 초기의 허무적인 인생관을 극복하고 동양적 정신생활 방식인 안빈낙도의 삶을 체득하게 되었음을 입증한다.

허무를 극복한 한성기의 초탈적인 면모는 후기시에 이르면서 보다 고차원적으로 드러나고 있다. 따라서 한성기의 시에 표출되어 있는 허무의식은 단순히 세상에 대한 체념이나 절망만을 의미하는 것이 아니다. 조용히 사물의 내면을 응시하고 집중해 들어간 결과, 드디어 트인 달관의 경지, 거기서 형성되는 동양적 관조의 차원에 그의 허무의지는 깊이 뿌리내려져 있다. 「바람이 맛있어요」<V><V-42>에선 '새김질을 하는 소', 즉 먼산을 바라보며 한유하게 되새김질하는 소는 곧 인생을 자연에 맡기고 생의 의미를 재음미하는 시인의 감정이 이입된 구체적인 실체이다. 그는 새김질하는 소처럼 바다(자연), 즉 자신이 걸어 온 지난날의 여정을 씹고 있는 것이다. 「잊어버려요」<V-76>의 시를 쓴 배경은 바닷가다. '잊어버려요'라는 제목부터가 초탈적이지만, 그 내용 또한 현실(육지) 속에서의 '울며 짜며 하던 것'을 다 잊고 자연(바다)에 홀려 버린 것이다. 그는 '바다'라는 대자연의 장엄한 위력 및 광활한 포용력과 경외감을 느낀 나머지 현실을 초연해 자연에 귀화함으로써 초연물외적 삶을 누리고자 염원했던 것이다. 「아서라」<V-80>에서 시인은 경제적인 상품가치 또는 식생활의 양식이 될 수 있는 물고기는 낚지 않고 바다에 취해 있다고 실토한다. 특히 '아서라'라는 체념적 자기위안의 결연한 의지, 초탈적 의지를 표방하는 감탄사가 이를 뒷받침해 주고 있다. 더욱이 반복해서 강조한 시구 "아서라/아서라"에서 이 시인의 체념적 자제력 내지는 초탈적인 면모를, 그리고 "'어쩔 수 없잖아/내게 주어진 분복/이짓 밖에는"에서 안분지족하는 정신적 차원, 즉 물질적인 세계로부터 탈피해 형이상학적인 삶 방식을 체득한 자로서의 면모와 더불어 자기 구원의 정신적 편력을 충분히 읽을 수 있다.

이렇게 한성기가 현세적인 욕망으로부터 남달리 초연하게 될 수 있었던 정신의 밑바탕에는 이 세상에서 무엇보다도 가장 소중하고 고귀한 것은 '생명'이라는 것을 지난날 피눈물나는 투병기를 통하여 너무도 절실하게 체험한 데서 비롯된 것이다. 아무튼 한성기의 허무의지는 「뜨내기」<V-52>에서 객관적 상관물인 무연묘지를 통해서 완숙하게 예술적으로 표출되어 있다. 한성기는 섬에 있는 어부의 묘지에서 잠시 쉬다가 아무도 돌보지 않는 묘지를 보고 인생무상을 느낀 것이다. 그래서 외로운 시인은 차라리 냉혹한 현실과 허위와 가식 따위를 훌훌 털어 버린 무욕의 상태, 즉 살아서 외롭고 고달팠지만 죽어서 평온하게 영원히 잠든 사자(어부)를 동경하고 있다. "내가 쉴 자리는/거기밖에 없다"는 의도적인 표현은 현실적으로 자기 자신이 소유한 땅(물질)과 재물이 없음을 강조한 것으로 해석된다. 특히 끝 부분에서 무연묘지를 "바다가 돌보는/호화묘지"라고 한 역설적 표현은 빼어난 시적 마무리라고 할 수 있다. 이렇게 볼 때 「뜨내기」는 자아와 자연과의 동일성을 노려 허무의지의 세계를 표출한 시로서, 즉 자연에의 귀의를 통해 허무를 초극하려 하는 시인의 내면의식이 투영된 작품이라고 할 수 있다. 그러나 우리는 시인이 과연 인생의 허무로부터 자유로운 삶을 누렸다고 보기에는 재고의 여지가 있다. 그것은 「시와 진잠바람」 <Ⅵ-118>을 접하면 알 수 있다. 즉 "대문도/울타리도 없는 집"이라는 구절에서 이 시인의 궁색한 삶을 노출시키고 있다. 자기가 살고 있는 마을(대전 근교의 진잠)의 바람이 시원한 것을 남들이 부러워하고 있으며, 자신도 이를 자랑으로 여기고 있다. 그렇지만 좀더 주의 깊게 주시하면 그 이면에는 경제만능의 현실 속에서 살아가야만 하는 소시민의 한 구성원으로서, 경제적 무력함으로 인한 그의 아픔과 고뇌가 응어리져 있다. 그 단적인 증거로 '남의 속도 모르고'나 「나를 보채쌓고」의 '집은 내집이 아니지만' 등에서 찾을 수 있기 때문이다. 이러한 시인의 진솔한 표백의 내면의식엔 무주택자로서 감내해야 했을 남의 집 셋방살이의 설움과 고충이 깔려 있는 것이다. 자신의 경제적 궁핍에 대한 짙은 고뇌를 반어적으로 자위하면서 형이상학적인 삶을 추구하고 있다는 사실에서 이 시인의 내적 아픔을 역력하게 직감할 수 있다. 또한 현실적으로 시창작에 대한 보상도 충분하지 않을 뿐만 아니라, 더구나 그의 경우에는 질병 요양차 공직을 사퇴한 1961년 이후 일정한 직업이 없었다는 점을 고려할 때, 의도적으로 아무리 초연하려고 애써도 무의식적으로 작용되는 경제적 콤플렉스에 번민하지 않을 수 없었을 것이다. 그래서 그는 이를 슬기롭고 지혜롭게 동양적 초연물외의 경지로 심취해 들어감으로써 얼마쯤 경제적 고충으로부터 벗어날 수 있었으며, 결과적으로 지난날의 숙명적인 허무의식을 나름대로 극복할 수 있었던 것이다.

4. 투병

인간이 죽음을 눈앞에 의식했을 땐, 누구나 자기 생명보존에 대한 본능을 갖게 되기 마련이다. 한성기는 당시 현대의학으로는 도저히 회생이 불가능할 정도의 절박한 상황 아래서 추풍령 부근에 있는 용문산 기도원에 입산을 결행한 것으로 되어 있다.

살기 위한 한성기의 생명의지는 참으로 눈물겹고도 집요하게 펼쳐진다. 이 점은 "처음 얼마 동안을/나는 사시나무 떨듯이 앉아 있었다./주위는 어둠과 바람소리와 나 뿐/여전히 호랑이 몇 마리는 근처에서 배회하고 있었다."(「산에서」<4> 중 < I >)에 토로되어 있다. 그곳이 깊은 산 속이라는 점을 감안할 때, 얼마나 무서운 고독과 공포의 공간에서 견디어 내야 하는 시련을 겪었는가 짐작할 수 있다. 「특별기도」<Ⅱ-47>에 그 당시의 상황이 그려져 있다. 시인은 대부분 병원이나 약국에서의 현대의학으론 포기한 사람들이 이 기도원에서 마지막 일전을 시도하는 절박감에 처한 자들, 예컨대, 문둥이, 폐결핵환자, 정신질환자 등과 같은 사회나 가족으로부터 거의 버림을 받다시피한 사람들 속에서 냉혹한 자연과 나약한 인간과의 처절한 대결의식으로 '밤을 새워' 가면서 참회의 눈물과 기도를 통해 자신의 영혼과 병든 육신을 하나님한테 맡기려 한 것이다. 이 때, 울면서 흘리는 눈물은 가장 인간적인 따뜻함의 물이 되며 육체의 모든 혼을 짜내는 불꽃의 물이 된다. 슬픔이 아름답게 느껴지는 것은 바로 그 슬픔 뒤에 감추어진 조화 또는 구원의 신인 절대자를 향한 감사 때문이다.

또한 잃어버린 건강을 회복하기 위한 집념과 끈기는 「새」<Ⅵ-188>에 명쾌하게 표출되어 있다. 세상을 등지고 산에서 투병하고 있던 당시의 시인 자신, "백주에 앞 못 보는/새"(「청맹과니」)와 같았던 자신이 건강을 회복할 수 있었던 것은 바로 오랜 기간 참고 견디어냄으로써 가능했던 것이다.

한성기는 자연의 품안에서 수도자적인 투병 태도로 속죄의 눈물, 간절한 기도, 찬송 등을 통한 하나님에게의 귀속을 온몸으로 희구한 끝에 마침내 기적적으로 갱생될 수 있었던 그 순간에 대한 황홀함은「산에서 <4>」<I-23>에 잘 드러나 있다.

여기서 한성기는 자신의 비극적인 운명에 과연 어떻게 처신함으로써 갱생을 할 수 있었는가에 대해선 시 「빗자욱」<IV-54>에 드러나 있다. 그는 건강이 완전히 회복되고 현실적으로 안정된 중년기 이후에, 자신의 생애를 뒤돌아보면서 바람과 그 바람에 순응함으로써 건강을 되찾을 수 있었던 지난날을 감회어리게 회상하고 있다. 이 시에서 바람(자연 또는 기독교신)이 빗어 줄 때, 다소곳이 서 있는 '말'(horse)은 곧 자연에 그대로 순응하는 시인 자신의 자화상인 것이다. 또 「산·7」에서는 산에 있었을 때(투병기), 함께 울어 주고 자신의 머리를 쓸어 준 '바람'을 고마운 벗으로 여기고 있다. 한성기의 이 같은 극적인 갱생은 그가 기독교신과 자연에 자신의 일체를 완전히 내맡기고 절대순응의 자세를 취해 살아야 하겠다는 집념과 철저한 자애의식에서 발로된 끈기로 늑적지근하게 버티어냄으로써 획득된 것이다.

「병후」<I-82>는 병이 회복되는 과정을 통해서 신기함, 균형과 안정감, 갱생에 대한 기쁨을 노래한 투병시로서, 자애(자기생명유지본능)의 한 패턴을 이루는 최초의 작품이 되는 셈이다. 이 시는 제목 그대로 병후에 새삼 느끼게 된 생명력의 균형감을 자연 속에 오버 랩(over-lap)시키고 있다. 그는 '앓는 몸이 차츰 회복해 가는 신기'를 통하여 '인체의 균형과 안정'을 감득하게 된다. 그리고 그의 건강회복에 대한 희망적인 마음을 토로한 시로는 「산에서」<5><Ⅰ-26>, 「아침」 <Ⅰ>, 「햇콩 한 알을 손에 놓고」<Ⅰ-53> 등이 있다. 또한 갱생에 대한 희열로움을 표출한 시로는 「가을」<Ⅰ-44>, 「가을이 되어」<Ⅰ> 등이 있다. 이와 같이 그는 자연친화를 거듭 추구한 결과, 신의 섭리와 신비를 깨닫게 되고 신의 축복을 받아 극적으로 소생의 환희를 맛볼 수 있었던 것이다.

시인의 삶은 용문산 기도원에서 구사일생으로 건강을 다시 찾은 후로는 줄곧 전원생활로 일관된다. 「시골에서」<Ⅱ-90>를 보면 그는 변치 않는 자연 속에 묻혀 늘 새로운 세계를 발견하려고 노력했다. 쓸쓸한 시골에서 성서를 표준 삼아 적적할 땐 찬송가에 의지하여 자애하는 모습을 보였다.

한성기는 시골에 머물면서 길을 자주 걸었다. 이것은 자신의 건강을 완전히 회복하기 위해서 또한 건강을 유지하기 위한 최선의 방책이었다. 시인은 이외에도 가벼운 농사일을 했다. 「樂」<Ⅱ-72>에서 보면, 시인은 노동의 신성함을 통해서 잃어버린 건강에 대한, 인생에 대한 낙을 얻을 수 있었다. 그 '낙'이란 "조용하면서도 당당하고/나직하면서도 카랑카랑한 목소리"로서 그는 자연(신)의 말씀을 듣게 된다. 이 자연의 말씀이란 자연 속에 깃든 의미, 즉 한 알의 밀알처럼 값진 희생을 통하여 보다 큰 수확을 거둘 수 있는 자연계의 순환의 원리, 심은 대로 거둔다는 섭리, 눈물로 씨를 뿌리는 자는 기쁨으로 거둔다는 섭리, 살려고 하는 자는 구원해 주시는 신의 사랑 등을 뜻한다. 그는 이처럼 자연친화, 자연에로의 귀의를 추구하는 삶 방식으로 일관함으로써 어렵게 되찾은 자신의 건강을 유지하고 정신적으로나 육체적으로 정상적인 상태로 돌아설 수 있게 된다.

시인이 다시 균형과 질서와 조화를 회복하고 정신적·육체적으로 건강한 면모는 「새」<Ⅱ-33>에 나타나 있다. 그는 새와 나뭇가지를 시적 배경으로 하여 서로 팽팽하고도 균형감이 잡히게 됨을 포착하고 있다. 새가 앉아서 균형 잡힌 나뭇가지의 상태는 바로 시인과 자연이 하나로 동화된 평정의 상태를 의미한다. 이는 시인의 건강이 회복됨에 따라 사물을 새롭게 인식하는 모습과 새 삶의 희열을 맛보게 된 자신의 내면의식을 표출시킨 것으로 볼 수 있다. 이와 같은 그의 생명의식이 한 차원 승화된 작품으로는 「산」<Ⅱ-58>과 「새」<Ⅲ-14> 등이 있다. 주관적 심정을 담담하게 진술하고 있는 「산」<Ⅱ-58>에서 '산'은 단순한 자연현상으로 존재하는 것이 아니라 생명의 구원자로서 초월적 의미를 갖게 된다. 그리고 「새」<Ⅲ-14> 속의 '새'는 한성기 시인의 생애에 비추어 날개를 펴지 못하던 '새'는 지난날의 시인 자신을 표상하고 있으며, '높은 곳'을 지향하는 새의 상승적인 자세나 '먼 산'을 총체적으로 조망할 수 있게 된 '새의 시력'은 바로 육체적으로는 건강을 회복한 시인의 안정된 상태를 표상하고 있다. 이 시에서 "10년을 삼켜서/비로소 보이는/먼 산"이란 구절은 시골에서 자연친화를 꾀한 이래, 10년만에 극기야 자연의 본 모습을, 자연의 섭리를 파악할 수 있게 된 시인의 시력(건강)과 정신차원을 암시한다. 따라서 이런 '새의 시력'은 10년이란 긴 세월 동안 정신적으로 싸워서 마침내 도달한 이 우주적 질서와 조화의 세계인 것이다. 이는 피눈물이 날 만큼 오랜 고행을 치룬 값진 대가요, 준열한 생명의지의 상징적 결정체인 것이다.

시인은 자신의 건강이 정상적인 상태라는 사실을 「산·6」<Ⅳ-44>에서 부인과 자기와의 밤길 동행을 통해 20년 전과 현재와의 입장이 역전된 사정을 대비시키고 있다. 20년 전에 넘던 같은 길인데도, 지난날엔 잘 보이던 길이 부인한테는 보이지 않는 반면에 도리어 지난날엔 보이지 않던 길이 자신한테는 보인다고 말하고 있다. 시인은 이런

20년이 지난 후 상호간의 입장이 정반대로 바뀐 극적 대비를 통하여 자신이 정신적으로 안정되었을 뿐만 아니라, 육체적으로 극히 정상적인 상태로 회복되었음을 넌지시 역설하고 있다.

5. 유년회귀(원시동경)

어른의 비전보다는 어린이의 비전이 훨씬 깨끗한 본성에 의해 뒷받침되어·있고 우수한 것이라는 견해는 낭만파 시인들에 의해 전개되었다. 한성기의 경우, 동심의 세계를 추구한 첫 작품은 「아이들」<Ⅰ-87>이다. 이 작품은 워즈워드(W. Wordsworth)의 시와 같은 어린이에 대한 예찬으로, 시인은 동심의 세계에 매료되어 있다. 시인 자신은 어린이들의 순색감정, 질리거나 지칠 줄 모르고 재미있는 그들의 놀이, 해맑고 초롱초롱한 눈동자, 자기 생각을 꾸밈없이 말하는 목소리 등을 두루 다 좋아하고 있다.

시인의 유년회귀, 즉 동심의 세계에 대한 동경이나 어린이 예찬의 현장은 대개 학교다. 거기에는 아직 사회의 때가 오염되지 않은 학생들이 있기 때문이다. 우리는 그의 시에 나타난 학교가 언제나 '초등학교'라는 점을 주시할 필요가 있다. 「列」<Ⅰ-83>에서 보면, 시인은 운동장에서 어린이들이 열을 지어 서 있는 광경을 재미있게 묘사하고 있다. 이 시는 교육의 힘에 의하여 하나의 질서가 잡혀져 가는 정경을 표출한 작품이라고 할 수 있다.

아이들이 있는 학교는 중기시 「원점」<Ⅲ-24>이란 작품과 접하면, 한성기 시인의 휴식처로서의 역할 이외에 앞날의 계획을 설계하는 현장으로 드러나고 있다. 시인은 시골 혹은 도시 변두리에 위치한 조그마한 초등학교 나무 벤치에 앉아 휴식을 취하다가, 문득 지난날 자신이 다녔던 작은 규모의 초등학교의 추억을 끌어내고 있다. 아마 그는 학교 운동장에 그려진 트랙(track)을 보고, 자신의 어린 시절과 지난날의 외롭고 어두운 추억을 회상한 듯하다. 이 시에 나타나 있는 대로, 시인의 지난날은 결코 평탄하지 않은 고달픈 역정이었음을 미루어 알 수 있다.

그것은 '이마의 땀을 닦으면서' '어딘지 그간 막연하게 돌아다녔는데' "자꾸 어딘지 한바퀴/삥잉 돌아서/이곳까지 왔다는 생각" 등의 시구를 주시할 때 그렇다. 사실 그의 지난 생애는 참으로 힘들고 방향감이 없고 아까운 세월을 투병에 소모하는 비생산적인 삶이었다. 전개과정이나 내용면을 검토해 볼 때, 이 시의 '원점'은 한 바퀴 돌아서 제자리에 다시 선 것과 마찬가지이므로, 즉 인생의 뒤안길을 회고했다는 점에선 복고적이고 과거지향적인 성격을 띠고 있다고 할 수 있다. 즉 이 시의 배면엔 자신이 살아 온 삶의 역정을 거꾸로 밟아 가서 다시 원점으로 돌아가고 싶은 심리가 깔려 있다고 볼 수 있다. 한편 '원점'(starting point)의 본래 뜻을 상기한다면, 오히려 그 정반대로도 해석이 가능하다. '원점'이란 '기점'이라고 할 수 있기에 '출발', '시작'을 뜻하는 희망적이고도 미래지향적인 성격을 간직하고 있다고 볼 수도 있다. 이와 같은 측면을 염두에 둘 때, 시인은 어린이들이 뛰어 놀고 있는 순수의 터전(학교)에서 자신이 걸어 온 이제까지의 생을 되새겨 봄과 동시에 새롭고 알차게 재출발을 꿈꾸고 있는 것이다. 그는 시골 아이들이 다니는 초등학교 공간에서 보다 순박하고 선량하게 살아가겠다는 의지를 다시 한 번 다짐했을지 모른다. 학교를 찾아가는 시인의 취향은 그가 육지에서 살 때나 바닷가(서산 안흥)에서 살 때나 기타 어디서나 한결같다. 이 점은 그의 여러 편의 시와 산문들이 잘 말해 주고 있다. 그런 의미에서 한성기의 경우, 특히 어린이들이 있는 '초등학교'는 마치 피곤할 땐 쉬었다가는 휴게실이요, 적적할 땐 찾아가는 사랑방이요, 유년기의 향수에 젖을 땐 들리는 망향처요, 인생의 항로를 음미하는 항구요, 현실 속에서 순수를 상실했을 땐 순정을 공급받는 주정소요, 미소를 잃었을 땐 웃음을 되찾는 향기로운 꽃밭이요, 사악한 무리를 보았을 땐 천사를 만나서 데이트할 수 있는 아름다운 공원이요, 좌절이나 시련을 당했을 땐 보다 새로운 삶과 미래를 계획하는 곳이기도 하다. 한성기의 동심의 세계에 대한 동경이나 예찬은 통시적으로 후기시에도 지속되고 있다.

「배가 보이지 않을 때까지」<Ⅵ-187>는 멀어져 가는 배를 향하여 배가 보이지 않을 때까지 손을 흔드는 아이들의 착하고 순박한 정을 찬미하고 있다. 즉 시인은 지표에서 손을 흔들어 주는 것만도 아름답고 정겹게 생각하는데, 바위 위에까지 올라가서 '배가 보이지 않을 때까지' 손을 흔드는 섬 아이들의 속세나 어른들의 세계에 오염되지 않은 고운 손을 가슴에 깊이 새기고 있다. 그래서 순수한 자연공간에서 티없이 순박하게 자라고 있는 섬 아이들의 정감어리고 예의 바른 행위에 감동한 나머지 자기가 내릴 목적지에 도착해서 바닷바람에 나부끼는 항구의 깃발을 보자, 배가 떠날 때 환송하던 아이들의 사랑스런 고사리 같은 손과 인사 소리가 유추된 것이다.

6. 자연친화

한성기 시의 주류를 이루고 있는 것은 자연친화의 세계다. 그 증거로는 우선 시인의 시 가운데 자연친화를 주제로 하는 시가 총 67편이나 된다는 점을 들 수 있다. 이는 그의 시 전작품(157편)의 42.67%에 해당된다. 한시인의 자연친화를 표출한 시는 다음과 같은 양상을 띠고 있다. 즉 ① 자연동경, ② 정경소묘, ③ 자연친화, ④ 자연과 문명의 대비, ⑤ 자연례찬(혹은 신례찬), ⑥ 자연귀화 등으로 분류해 볼 수 있다.

「산에서」<2><Ⅰ-17>에서 그는 하늘의 시중자 신분으로서 겸허한 자세로 일하는 농부들의 모습을 "학처럼 서 있는/사람들의 모습"이라고 예찬하고 있다. 이는 자연의 질서와 순환의 법칙에 따라 소박하게 살아가는 자연인의 생활방식에 대한 매료인 동시에 시인 자신이 그 자연의 공간에 귀속하고 싶어 한 심정의 발로가 아닌가 싶다. 이러한 시골에 대한 동경 및 시골사람에 대한 예찬은 「삼월」<Ⅱ-66>에도 나타나 있다. 그는 봄날에 복숭아밭 과수원에서 전지작업을 하고 있는 농부(자연인)를 꽃잎같이 보고 있다. 시인이 사람을 아름다운 꽃잎같이 보는 것은 거기 복숭아밭이라는 자연이 있기 때문이다. 따라서 시인은 자연에 사람을 아우름으로써 자연도 살아나고 사람도 살아나는 아름다운 공리공존의 세계를 이상적인 공간으로 여기고 있는 것 같다.

그리고 시인의 자연과 자연인의 순박성에 대한 집착은 「갈매기<Ⅱ>」<Ⅴ>에서 어촌 사람들의 소박한 삶에 매료되어 있음을 볼 수 있다. 또 「바다 노을」<Ⅴ-78>에는 섬사람들의 인간미가 넘치는 아름다움이 짙게 그려져 있다. 시인은 어느날 섬에 다니러 갔다가 돌아서려고 짐을 챙기는데 "며칠 더 묵고/가라고" 섬사람들이 말렸다는 것이다. 이들이 얼마나 순정이 있는 사람들이라는 것은 '그새 정이 들어버린/이웃들'이라는 표현을 통해서 직감할 수 있다. 도시인들과는 달리 사람을 계산적으로 대하지 않고 쉽게 정을 주는 순박한 섬사람들이기에 이별이 아쉬워서 떠나가는 '배를 향해' 손을 흔드는 것이다. 시인은 그런 섬에 사는 사람들이 아주 순수하므로, 그 섬사람들을 닮은 자연도

덩달아, 즉 '바다가 말리고/파도소리가 말리고'라고 생각하게 된 것이다. 따라서 그런 인간의 훈훈한 인정이 살아 숨쉬고 있는 섬사람들과 자연이 공존하는 공간을 '바다 노을'로 표출한 것이다. 우리는 이 시를 통해 그가 얼마나 순박하게 살아가고 있는 자연인과 자연에 흠뻑 정들어 있는가를 여실히 알 수 있다.

그는 특별히 조명 받지 못하는 가난한 소외계층인 서민들의 삶과 생활공간을 향해 따뜻한 애정을 쏟고 있다. 따라서 시인이 이처럼 시골의 인심을 예찬하고 원시적인 생활방식을 동경한 것은 바로 그의 강한 자연친화를 의미하며, 동시에 그는 그 자연(시골)에 친밀감을 느끼고 안주하고자 했음을 반증한다. 「정류소」<Ⅲ-80>에서 그는 버스라는 문명의 이기를 거부하고, 바람소리를 계속 엿들으면서 그 자연 속에 계속 머물고자 하는 시인의 모습을 발견할 수 있다. 「月珂에서」<Ⅲ-66>, 「동행」<Ⅲ-58>, 「눈 오는 날」<Ⅵ-120> 같은 작품들은 자연에 매료된 나머지 긴장되고 언어가 필요 없는 상황까지 드러내고 있다.

「새와 둑길」<Ⅳ-18>에 이르면 자연과 너무도 밀착되어 돌아서기를 원하지 않고 있음을 볼 수 있다. 시인은 자연친화를 꾀한 결과, '눈이 녹고 귀가 녹고 코가 녹고' 할 정도에 이른 것이다. 이런 시인의 심정을 문답법을 사용하여 자연을 "이제 그만했으면/돌아설 때도 되지 않았느냐?" 자문하고는 '아니지'라고 자답하고 있다. 그가 자연을 떠날 수 없는 미련은 이미 들길에 너무나 깊이 정이 들어버려 있을 뿐만 아니라, 또한 접근하면 할수록 산은 베일에 가려 있듯 오히려 더욱 매력적인 존재로 끌렸기 때문이다. 특히 '둑길'은 현실에 대한 고민 사항을 달래는 휴식처요, 중요한 문제(여러 가지 큰일, 가정사 등)를 결정하는 장소요, 건강을 유지하기 위한 산책로요, 인생의 의미를 터득하는 사색처요, 시상을 가다듬는 중심무대인 것이다. 이상의 시편을 통해 한성기가 '새'와 '산'과 '둑길'이 있는 시골에 잔뜩 정들어 그곳에 안주하려고 했음을 역력하게 알 수 있다. 또한 「바람이 맛있어요」<Ⅳ> 중 <V-40>, 「바람이 맛있어요」<Ⅶ> 중 <V-46>, 「뒤돌아보며」 중 <V-60> 등에 나타난 버스나 기차의 방향을 주의 깊게 살펴보면, 우리는 시인이 타고 있는 차량의 방향이 한결같이 '하행'이라는 사실로 미루어 그의 이러한 시골취향을 발견할 수 있다. 「내 겨울」<Ⅳ-64>에서 보면, 시인은 불 지피는 소리에 도취되어 있다. 그는 현대물질문명(현실 또는 생활수단인 연탄이나 가스)에 대하여 회의 내지는 권태감을 느끼고 있던 차 오랜만에 재래적인 생활방식, 즉 땔감이 솔가지나 싸리가지로 불 지피는 소리를 듣고서 반가워하고 있다. 우리는 마지막 두 행 "주먹 만한 함박눈이/내 겨울을 풀고 있었다."에 주목할 필요가 있다. 여기서 '겨울'은 반드시 계절로서의 겨울만을 뜻하는 것은 아니다. 그 근거로는 중간 부분 "마른 입술을 깨물고 /(……)/그녀 목소리/듣고 싶었다"를 제시할 수 있다. 이는 시인의 생애에 비추어 아내의 죽음을 묘사한 것으로 추측되기에 그렇다. 따라서 이 시에서의 '겨울'은 지난날 부인의 죽음으로 말미암아 고독과 허무와 절망감에 사로잡혔던 시인 자신의 가장 어두웠던 시절을 상징한다. 이렇게 본다면 「내 겨울」은 자연의 은혜에 힘입어 시인의 괴로움이 극복된 현주소를 표출한 작품이라고 할 수 있다.

그의 자연친화 경향은 후기시 제 5시집 『늦바람』에 이르면 보다 농밀하게 드러나고 있다. 그는 자연에 매료되어 자연(바다)을 짝사랑하고 있다. 시 「늦바람」<Ⅱ><V-20>에서 '늦바람'은 인간(여자)에 대한 늦바람이 아니라 자연, 즉 바다에 대한 늦바람인 것이다. 그 단적인 증거로 그는 「바다에 홀린 눈」이란 제목으로 연작시 1~13까지, 그리고 같은 제목 「바다에 홀린 눈」으로 3편을 더 발표함으로써 총 16편을 발표한 사실을 들 수 있다. 바다의 신비감과 어촌의 정물에 도취된 자신의 행위를 늦바람에 비유한 것은 퍽 재미있다. 이 밖에도 자연친화를 읊은 대표적인 시는 연작시 「바람이 맛있어요」이다. 시인은 '바람이 시원해요'라고 표현한 것이 아니라 '바람이 맛있어요'라고 함으로써 바람이 입맛으로부터 체내에 배게 하고 있다는 점에서 시적 묘미를 획득하고 있다. 이것은 바람을 완전히 자기 것으로 소유했거나 소화시키고 있다는 것을 뜻한다. '바람'은 문명에 의해 오염되지 않은 무공해적 자연(시골)을 상징한다. 그에 있어 바람이 있는 시골은 아직 살아 있는 순수공간이므로 이상향일 수밖에 없는 것이다.

연작시 「바람이 맛있어요」는 『늦바람』 속의 「바람이 맛있어요<Ⅰ~Ⅷ>」 7편, 그리고 시선집 『낙향이후』 속의 「바람이 맛있어요<V>」와 「바람이 맛있어요<Ⅶ>」 2편 등 총 9편이 대부분 자연(시골)이 원형상태였을 때의 모습이나 환경을 동경하거나 오늘날의 파괴된 자연의 현실을 아쉬워하는 향수로 드러나 있다. 「바람이 맛있어요<Ⅲ>」 <V-38>의 내용은 퍽 코믹하다. 특히 1연 중 "누가 이 맛을/알까봐/쉬쉬했다"는 강한 동기유발을 노리는 역설적 시구와 접하면 웃음을 자아내게 하는 공감대를 불러일으키고 있다. 그의 많은 시들이 단순한 서술적 문장으로 되어 있으면서도 우러나는 맛, 즉 빤히 속뜻(주제의식)이 들여다보이면서도 그 안에 밀도 높은 시적 긴장이 내포되어 있다는 점에서 이 시인만의 독특한 개성으로 평가될 수 있는데, 이 시 또한 그런 시 중의 하나다. 또한 이 시에서 볼 수 있는 반딧불이나 다른 시에 나타난 메뚜기, 민들레, 기타 사라지는 것, 작은 것들을 발견한 반가움에서 희열을 만끽하고 그러한 살아 있는 공간(자연)을 혼자 또는 동행인 몇 사람만 즐기려 하지 않고, 오염된 산업문명사회 속에서 살아가고 있는 현대인(도시인)을 향하여 넌지시 공개함으로써 자연친화의 호기심을 촉발하고 있다. 이것은 한성기의 시가 본질적으로 자신과 이웃에 대한 사랑에 뿌리를 내리고 있다는 좋은 단서의 하나다. 이점은 시 「산·2」<Ⅳ>를 접하게 되면, 그는 자연친화를 통하여 깨달은 자연의 섭리나 교훈을 독차지하려고 하지 않고 사람(이웃이나 인류)들에게 알려줌으로써 공유하고자 했음을 엿볼 수 있다. 이처럼 시인의 생활은 산에서 건강을 다시 찾은 후 자연친화로 일관되는데, 그것은 두 가지 측면에서 조명될 수 있다. 하나는 자연에 가까이 몰입함으로써 세속적인 것으로부터 벗어나 자연을 만끽하는 데서 정신적 행복을 누리고 부가적으로 육체적 건강을 유지하는 자애의 길이요, 또 하나는 그의 자연에 대한 사랑과 친화는 이웃(또는 인류)에 대한 사랑의 길과도 직결된다고 할 수 있다.

한성기 시의 자연친화 경향은 비교적 후기시에 이르면 자연에 귀화한 면모를 엿볼 수 있다. 특히 제5시집 『늦바람』 시기부터 허무를 극복하고 동양적인 사상에 깊이 젖어 초연, 초탈한 허무의지와도 무관하지 않다. 「늦바람<Ⅰ>」<V-18>에서 그는 바다의 파도소리에 함몰되어 있다. "순정마저/무너지고" 부분은 바로 자연과의 동화를 의미한다. 시인이 자연에 완전히 귀의한 면모를 보여 주는 또 하나의 시로는 「바람이 맛있어요」<Ⅱ><V-36>를 꼽을 수 있다. 이 시에 이르면, 그는 이미 탈속한 경지에서 자연에 귀화하여 자연을 즐기고 있음을 읽을 수 있다. 「찌」<V-62>에서 우리는 겨울 바다낚시를 통하여 자연에 몰입되고 이미 세속적인 것으로부터 초탈한 형이상학적 삶의 방식을 체득한 시인의 차원 높은 정신적 편력을 엿볼 수 있다.

7. 문명비판(공해)

오늘날 우리 주변은 산업의 공해 때문에 날로 자연환경이 오염되고 자연이 파괴되어 가고 있다. 이런 공해문제가 인류의 공동관심사의 하나로 대두되고 있는데, 시인 역시 공해에 대한 심각성을 인식하고 있다.

「대풍」<Ⅲ-26>은 제목 「대풍」과는 대조적으로 메뚜기가 없다고 제시함으로써, 농약이나 화학비료의 남용 탓으로 메뚜기가 뛰어 놀던 우리네 정겨운 들녘 풍경이 사라졌음을, 즉 농약공해의 심각성을 증언하고 있다. 그는 메뚜기가 전멸된 가을 들판은 아무리 풍년이 들어 물질적으로 풍요로운 삶을 누리게 되었을지라도 오히려 쓸쓸하게만 느껴졌던 것이다. 「산·3」<Ⅳ-38>에서는 공업용폐수, 각종 오물 등으로 해가 갈수록 흐려져 가는 바다의 수질오염에 대해 나직한 톤으로 우려를 표하고 있다. 「산·4」<Ⅳ-40>에선 평화롭던 산에 문명이 뛰어들어와 그로 인해 산이 밀려나가고만 비극적 현황을 괴로워하고 있다. 특히 '산을 따라 나도 밀려나가고'에서 밀려 나가는 '나'는 시인 자신 한 개인을 국한시켜서 지칭하는 것이 아니라, 현대 문명 속에서 살고 있는 우리들 모두를 표상한다.

그의 투철한 문명사에 대한 비판의식은 평화로웠던 자연 속에 문명이 깊숙이 들어 왔기 때문에 농토와 바다와 산과 강이 오염되고 자연의 원형이 훼손되고 질서가 파괴되고 있다는 고발이다. 따라서 이런 시들은 이 시대의 시인으로서의 인간들의 자연보존에 대한 무관심으로 빚어진 자연파괴에의 경고인 동시에 삭막해져 가는 인정에 대한 아쉬움을 반영한 것이다. 그것은 「산·4」 끝 행 '그리운 사람아'라고 애절하게 부르고 있는 데서, 그의 인간(이웃)에 대한 강한 연민을 여실히 읽을 수 있기에 그렇다. 「바람이 맛있어요 <Ⅵ>」<Ⅴ-44>에서 시인의 탁월한 통찰력은 새와 허수아비를 통해 현대문명사회의 아픈 상황과 단면을 적나라하게 그려내고 있다. 시인은 농약의 남용, 각종 공해, 산업개발 등으로 시골에서도 자연의 서정적 낭만을 맛볼 수 없게 된 안타까움을 통감했던 것이다. 이는 인간의 이기심 때문에 야기된 공해에 대한 고발, 자연파괴에 대한 시인의 경고이기도 하다. 더욱이 그는 한낱 미물인 새까지 간이 붓고 순진성이 되바라진 오늘의 현실이 마냥 안타깝고 역겨웠던 것이다.

그래서 시인은 "민들레가 피고/반딧불이 날으고/새들이 허수아비 보고/기겁을 할 때가/그립구나"라고 자연이 살아 숨쉬고 새들도 순박하기만 해서 자연의 멋을 향유하면서 살았던 지난날에의 간절한 그리움을 토로하고 있다. 이렇게 그가 반문명적인 입장을 견지하고 있는 사상적 배경은 물질문명의 팽배가 자연의 순수영역을 좀먹어 자연의 질서를 해체시켜 가고 있으며, 또한 문명의 세례가 커짐에 따라 비례적으로 그만큼 인류의 복지가 향상되고 있는 것이 아니라 도리어 불안과 허무감을 초래해 우리 인류를 절망의 늪으로 이끌어 가고 있다고 진단했기 때문이다. 이들 시에서 시인이 말하려는 핵심과 의도는 자연이 파괴됨에 따라, 자연과 한 운명체인 우리 인간들까지 그 자연과 함께 위기에 처하고 말았다는 사실을 역설하고 있다. 즉 공해와 인간의 공범적 행위에 의한 자연의 파괴는 바로 인간파괴이며, 더 나아가 인류의 종말을 가져올지도 모른다는 시인의 준엄한 판결이자, 인류에 대한 사랑에서 외치는 뼈아픈 예언인 것이다.

한성기의 문명비판의식은 「차단」<Ⅳ-22>에서 철도의 건널목 차단기를 통해서 문명의 대유물인 차들이 일으킨 '먼지에 가려서' 자연과 인간 사이가 차단되었음을 예리한 시선으로 포착하고 있다. 이것은 행복했던 인간사에 문명이 들어오면서 자연(신)과 인간 사이가 차단되었음은 물론, 더 나아가 자연과 자연 사이도 차단되고 사람과 사람 사이도 차단된 현대문명사회의 병폐와 부조리에 대한 증언이라 할 수 있다. 인간은 언제나 자연적인 상태 아래 있을 때만이 제 기능을 제대로 발휘할 수 있는 존재다. 그런데 문명의 개입으로 좋았던 자연과 인간의 사이가 괴리되고 차단된 것이다. 이로 인하여 감성의 붕괴현상이 나타나 자연을 다시 찾아가게 된다고 한다. 그래서 시인은 「귀」<V-66>에서 그는 바닷가에 버려진 소라껍질을 하나 주워서 그것을 보청기 삼아 "기계의 소음에 가려서/들리지 않는/너의 목소리" 즉 자연의 소리(파도소리)를 듣고 있다. 우리는 여기서 바다에도 문명이 들어온 연유로 파생된 각종 공해 때문에 좋았던 관계가 차단된 자연과 인간 사이를 다시 결합시키고 회복시키려는 시인의 구도자적인 면모를 역력하게 엿볼 수 있다.

한성기는 자연친화를 통하여 자신이 어렵게 발견한 아직 살아 꿈틀거리는 현상과 공간을 혼자만 즐기지 않고 마치 선교사가 구원과 진리의 말씀인 복음을 전하듯 자연을 잃어버린 채 팍팍하게 살고 있는 실향민(현대인)들에게 시를 통하여 공개하고 있다. 시인은 그 공간(산, 자연)에 와서 신선한 자연의 맛을 볼 수 있도록 안내하는 친절을 베풀고 있다. 그는 자연의 솔바람, 새소리, 햇살, 물빛, 꽃내음, 풀내음 등을 그의 시에 담아 정성껏 공급해 주고자 하였다. 아울러 시인은 자연의 원형회복을 주창함으로써 순수한 자연공간의 확보와 초토화된 현실적 실낙원을 새롭게 복구시키고자 무던히 애쓴 것이 아닌가 싶다. 시인이 이 같은 태도를 끈질기게 취하고 있는 정당성은 인간회복이란 자연의 회복으로부터 시작되어야 한다고 확신했기 때문이다. 다시 말하면 그는 자연에 대한 애정은 곧 인류(이웃)에 대한 사랑이라고 굳게 믿었던 것으로 생각된다.

이렇게 볼 때 한성기 시의 공해문제를 위시한 문명비판의 시세계는 궁극적으로 인간회복을 위한 휴머니즘의 구현이었다는 점에서, 우리는 그가 인류에 대한 구도자로서의 자세와 면모를 갖추고 있다고 인정해 줄 수 있다. 시인은 시를 통해서 찬란한 물질문명의 뒤안길에서 짓밟히고 상실되고 몰락된 인간의 존엄성을 되찾고자 고투하였으며 자연보호, 인간의 순수, 이웃사랑을 제창함으로써 인간회복과 인간구제를 위해서 고뇌하였다. 따라서 우리는 한성기에 대해 인간회복을 집요하게 추구한 휴머니스트이자, 현대문명의 병폐를 끈질기게 고발한 반문명파 시인이라고 할 수 있다.

Ⅲ. 맺음말

문학사적 위상 및 가치에 있어서 흔히 그는 소묘적 기법과 서예적 공간의 여백미를 살려 현대시의 특성인 이미지화에 힘쓰고 평범한 일상어를 시어로 사용하여 간결한 시형으로 현대시의 난해성을 극복했다.

이렇게 볼 때, 한성기 시인은 실향·상처·투병·요양·무직 등의 고달픈 발자취로 점철된 정말 불행한 생애였지만, 시골에만 거주하면서 우리 한국시의 신리리시즘을 회복하기 위하여 오직 시창작에 전념하다가 간 시인이다. 그는 시를 통해서 자기 자신과 이웃(인류)의 구원을 위하여 시인으로서의 투철한 책무와 소명의식을 가지고 자연 속에 밀착된 전원생활로 일관하면서 부단히 전통적 신서정을 구축·창조하고자 구도자로서, 고행자로서, 예언자로서의 직능을 충실히 수행하려고 분투한 고뇌의 시인이라고 할 수 있다.

(한남대 박사학위 논문 중에서 요약)

한성기시전집

2003년 12월 20일 1쇄 인쇄
2003년 12월 30일 1쇄 발행

편 자 • 박 명 용
펴낸이 • 한 봉 숙
펴낸곳 • 푸른사상사

등록 제2-2876호
서울시 중구 을지로3가 296-10 장양B/D 202호
대표전화 02) 2268-8706(7) 팩시밀리 02) 2268-8708
메일 prun21c@yahoo.co.kr / prun21c@hanmail.net
홈페이지 //www.prun21c.com
편집 • 김윤경 / 안덕희 / 지순이
기획/영업 • 김두천 / 허견
ISBN 89-5640-169-1-93810

정가 23,000원
*저자와의 합의에 의해 인지 생략함